S. FISCHER

ROLAND
SCHIMMELPFENNIG

Die Sprache des Regens

Roman

S. FISCHER

MIX
Papier aus verantwortungsvollen Quellen
FSC
www.fsc.org
FSC® C014496

Erschienen bei S. FISCHER

Satz: Dörlemann Satz, Lemförde
Druck und Bindung: GGP Media GmbH, Pößneck
Printed in Germany
ISBN 978-3-10-397321-1

Die Stadt auf dem Meer war schwarz und turmhoch, ein Gebilde aus Eisen und Stahl, aus Schrauben und aus Nieten, ein Berg aus Rohren, Gängen und Treppen, und die Stadt hinterließ, nachdem sie an ihnen vorbeigezogen war, auf dem Wasser einen Film aus Öl.
Die junge Frau und der Mann saßen auf den Felsen am Meer, nicht weit von der Flussmündung, und sahen der Stadt nach, bis sie in der Ferne verschwunden war.
Hinter den beiden Gestrüpp, Grün, eine leichte Anhöhe und dann zugewachsenes, kaum zu durchdringendes, flaches Land.
Dazwischen ein paar kleine Brachen.
Die Hitze.
Eine Straße. Der Fluss.
Weiter entfernt: einzelne Häuser, Wohnblöcke und dahinter die Felder, die Fabriken, die Raffinerie und das Stahlwerk in der Ebene.
Die Stadt sei weiß gewesen, sagten später manche Leute, weiß oder strahlend weiß, aber die junge Frau und der Mann hatten an der Mündung des Flusses die Stadt auf dem Wasser mit ihren eigenen Augen gesehen: Die Stadt war schwarz, und sie hatte eine Fahne aus Öl hinter sich hergezogen.

Sie kamen am Sonntagmorgen, um kurz nach neun.
Bevor sie den betonierten Hof vor dem Haus betraten, riefen sie von dem verrosteten Tor aus, dass die Frau den Hund an die Kette legen solle.
Außer der Frau war niemand da.
Manche der Männer und Frauen trugen Uniform, andere nicht. Der Hund an der Kette drehte durch, als sie den Hof und das Haus betraten.
Sie durchsuchten das Haus, und sie fanden nichts.
Die Männer und die Frauen schrieben Listen, sie erstellten ein Register der Dinge, die sie vorfanden. Zimmer links: ein eisernes Bett, neben dem Bett ein kleiner Tisch, auf dem Tisch eine Lampe, ein Kamm, Familienfotos, auf dem Fußboden neben dem Bett ein Stoß Klassenarbeiten, 8. und 9. Jahrgang, Fach: Geschichte, an der Wand über dem kleinen Tisch ein Bildnis der Heiligen Jungfrau Maria (Postkarte), neben dem Tisch ein Schrank, in dem Schrank: Blusen und Röcke, Hosen, Hemden, Schuhe, im unteren Teil des Schranks Schubladen mit Strümpfen, Unterwäsche, alten Briefen, Kinderzeichnungen, Fotos, dazwischen ein Notizbuch.
Dieses Notizbuch fand der Mann, der die Durchsuchung leitete. Der Mann trug eine Uniform.

In dem Notizbuch fand der Mann viele Listen. Die letzte Liste lautete: 2 Hühner, 1 Taube, 1 Ziege, Blumen, 1 Kürbis, 20 Kerzen. Schuhe.

Auf einer der leeren Seiten am Ende des Notizbuchs fand der Mann seinen eigenen Namen: Ramiel.

Die Frau stand dabei.

– Was ist das?, fragte der Mann in der Uniform die Frau. Was bedeutet das?

Die Frau antwortete nicht.

Die Frau und der Mann in Uniform waren fast gleich alt, Ende vierzig. Sie kamen beide von hier, sie waren beide hier in der Stadt geboren und aufgewachsen, und sie kannten sich seit ihrer Jugend.

Die Frau, Maria, sah aus dem Fenster auf die Straße. Die Straße war nicht geteert, nicht einmal planiert. Rotbraune Erde, tiefe Pfützen, Steine, dazwischen Gras.

Viele Leute in der Stadt nannten die Frau nicht Maria, sie nannten sie »die Lehrerin«.

Maria sah gegenüber, auf der anderen Seite der Straße, das Haus ihrer Eltern. Sie sah ihre Mutter, die vor dem Haus stand und in Sorge herüberschaute, und neben ihrer Mutter stand ihr Vater, beide alt.

– Was ist das?, hatte der Mann in der Uniform gefragt, Ramiel, mit dem Notizbuch der Frau in der Hand, in dem er seinen Namen gefunden hatte, und die Frau hatte wortlos aus dem Fenster gesehen.

Es war Sonntagvormittag, aber der Mann der Frau, deren Notizbuch der Polizist gefunden hatte, arbeitete an diesem Morgen.

Marias Mann war gelernter Elektriker, aber er konnte auch mit Holz umgehen, er konnte Möbel bauen und, wichtiger, Verschalungen und Gerüste, denn sein Vater war Tischler gewesen, bis er sich zu Tode getrunken hatte. Der Alte hatte seinem Sohn beigebracht, was er ihm hatte beibringen können. Marias Mann hieß Toni.

Toni konnte Zement mischen und gießen.

Er konnte schweißen, er konnte Wasserleitungen verlegen und Strom. Das Einzige, woran er sich nicht traute, war Gas, waren Gasleitungen.

– Ich arbeite nicht mit etwas, das ich nicht sehen kann.

– Strom kann man auch nicht sehen, sagte der Bruder des Mannes, Freddi.

Toni sah seinen Bruder an.

– Was weißt du über Strom? Du weißt nichts über Strom.

– Ach nein?

Tonis Bruder Freddi arbeitete in einer der Fabriken au-

ßerhalb der Stadt in der Ebene, und manchmal arbeitete er auch aushilfsweise auf dem Schlachthof.
Ganz früher, als sie noch sehr jung waren, hatten beide Brüder eine Zeitlang im Stahlwerk gearbeitet.
Wenn die Leute in der Stadt einen Handwerker brauchten, holten sie Toni, und wenn Toni für eine Arbeit einen zweiten Mann brauchte, nahm er seinen Bruder mit, Freddi. Freddi war jünger als Toni.
Die beiden Brüder arbeiteten seit Sonnenaufgang auf dem Dach eines fünfstöckigen Mietshauses.
Sie hatten auf dem Dach einen alten, großen Wassertank repariert. Der alte Tank war aus Holz. Die Arbeit an dem großen Tank war nicht einfach. Die Leiter, die an dem großen Tank lehnte, war morsch. Eine eigene Leiter hatten die beiden Männer nicht, und es war auch keine Leiter zu beschaffen, die lang genug war.
Nachdem sie mit der Reparatur des Tanks fertig waren, zogen sie an einem Seil, das über eine Rolle an einem Ausleger lief, einen Reservetank und Rohre aus Kunststoff auf das Dach. Die beiden Männer bauten ein einfaches, aber stabiles Gerüst aus Holzbalken. Das Gerüst war wichtig, um die Höhenunterschiede zwischen den Tanks auszugleichen.
Toni und sein Bruder hievten den Reservetank auf das Gerüst aus den Holzbalken. Es entstand zwischen den Tanks auf dem Dach ein kompliziertes Geflecht aus Leitungen.

Toni stieg vom Dach hinunter und schaltete unten an der Zisterne die Pumpe an, aber es stieg kein Wasser aus der Zisterne hoch.
Die elektrische Pumpe war so gut wie neu, aber sie war kaputt, es floss kein Wasser in die Tanks.
Toni baute unten an der Zisterne die Pumpe auseinander, und anschließend baute er sie wieder zusammen, obwohl er in seinem Leben noch nie eine Pumpe auseinandergenommen und wieder zusammengesetzt hatte, und dann funktionierte die Pumpe.
Er stieg wieder auf das Dach.
Die Tanks liefen voll.
– Gut, sagte Toni später, *kann sein*. Es stimmt, dass man Strom nicht sehen kann. Aber du weißt, dass er da ist, du weißt, wo er ist. Du kannst ihn nicht sehen, aber du weißt, wo er fließt, er folgt einem Weg, er fließt in *Bahnen*, verstehst du?
Toni war zu schwer für seine Größe, zu dick. Es zog ein Gewitter auf. Er stand oben auf dem Dach und sah auf zu dem sich verdunkelnden Himmel. Er legte den Kopf schräg.
– Aber Gas, sagte Toni dann, Gas – Gas ist überall.

Der Hund war ein Streuner. Er gehörte niemandem.
Es hieß, der Hund sei dem Jungen hinterhergelaufen und der Junge habe sich um ihn gekümmert, manchmal, heimlich. Seine Eltern wussten davon nichts. Der Junge habe nachts heimlich für den Hund Essensreste vor die Hintertür des Hauses gestellt.
Der Junge hieß Elias. Er war erst fünf. Elias war krank geworden, er hatte seit zehn Tagen hohes Fieber. Seine Eltern waren Ramiel und Irina. Sie hatten den Jungen in das Krankenhaus gebracht, aber die Ärzte hatten gesagt, der Junge könne dort nicht bleiben, die Ansteckungsgefahr sei zu hoch und man habe nicht die Möglichkeit, sich ausreichend um den Jungen zu kümmern. Die Ärzte sagten, es müsse Tag und Nacht jemand bei dem Jungen sein, ohne Unterbrechung, man dürfe den Jungen nicht allein lassen.
Man hatte Ramiel und Irina Medizin für den Jungen mitgegeben, aber das Fieber fiel nicht. Sie wickelten das weinende Kind in nasse und kalte Bettlaken, dann sank das Fieber, aber genauso schnellte es auch wieder in die Höhe, über 41 Grad. Der Junge schwebte zwischen Leben und Tod.
Ramiel, der Mann, der seinen Namen in dem Notizbuch

der Lehrerin gefunden hatte, hatte zwei Kinder, zwei Söhne. Der jüngere Sohn war fünf und lag im Fieber. Der ältere Sohn war fünfzehn, er lebte bei seiner Mutter, das war Ramiels erste Frau Julia. Dieser Junge war seit mehreren Tagen, seit der Nacht vor seinem fünfzehnten Geburtstag, verschwunden.
Niemand wusste, wo er war.
Der Junge war in den Fluss gesprungen und verschwunden, aber der Junge war, wie Ramiel selbst, ein guter Schwimmer. Ramiel klammerte sich an die Hoffnung, dass dem Jungen, wo immer er auch sein möge, bei dem Sprung in den Fluss nichts geschehen war, und gleichzeitig wusste er, dass es keinen Grund für diese Hoffnung gab. Vielleicht stand der Junge morgen oder übermorgen wieder vor der Tür. Vielleicht war er aber auch in dem Fluss ertrunken. Vielleicht hatte der Fluss seinen Körper hinausgetragen auf das offene Meer.
Es saß, wie die Ärzte es gesagt hatten, Tag und Nacht jemand bei dem kranken Kind: entweder die Mutter des Jungen, Irina, oder Irinas Mutter, die zu Hilfe gekommen war, oder zwei Frauen aus der Nachbarschaft, Anna und Lucia.
Irinas Mutter hatte gesagt, der Hund habe Unglück über die Familie gebracht, man müsse ihn totschlagen.
Irina arbeitete in dem Stahlwerk in der Buchhaltung. Sie war nicht älter als Ende zwanzig.
– Hast du Angst?, fragte Lucia.

Lucia und Anna waren beide nicht mehr jung. Sie hatten früher auf den Feldern und in den Fabriken gearbeitet, je nachdem, wo sie gerade besser bezahlt wurden. Jetzt putzten sie für Geld in der Nachbarschaft und passten manchmal auf die Kinder der Leute auf.

Anna rauchte und hatte schon etwas getrunken. Es war Sonntagvormittag.

Sie standen an der Straßenecke und beobachteten den strohfarbenen Hund, der etwa drei Meter entfernt von ihnen im Abfall am Straßenrand etwas zu fressen gefunden hatte.

– Angst?, fragte Irina. Ja, sagte sie, ich habe Angst.

Sie hatten nicht viel gefunden, um den Hund zu erschlagen. Sie hatten ein Rohr aus Eisen und ein paar Latten.

Dann ging Irina plötzlich los, mit dem Rohr aus Eisen in der Hand, sie lief in einem Bogen auf den Hund zu, der am Straßenrand etwas im Abfall gefunden hatte und nicht einmal aufsah, als die Frau auf ihn zukam. Der Hund duckte sich erst zur Seite, als sie mit dem Rohr zuschlug. Sie verfehlte den Hund. Der Hund jaulte auf und sprang zurück, aber Anna traf ihn mit einer der Latten.

Der Hund ging zu Boden. Die Latte traf ihn ein zweites Mal.

Der Hund lief jetzt gerade auf Irina zu. Diesmal traf sie den Hund mit dem Rohr, aber sie traf ihn nicht am

Kopf. Der Hund fuhr herum und biss sie in den Unterarm.

Irina schrie auf und ließ das Rohr fallen. Sie ging in die Knie.

Anna und Lucia schlugen mit den Latten auf den Hund ein, sie trafen den Hund, und sie trafen Irina.

Sie war am Boden, und der Hund schnappte um sich, doch dann traf Lucia den Hund so hart, dass ihm die Hinterläufe wegrutschten. Anna, die das Rohr aus Eisen aufgehoben hatte, holte aus und erschlug den japsenden Hund.

Die junge Frau und der Mann, die die Stadt auf dem Meer gesehen hatten, hatten sich vor einem Bild kennengelernt, in einem Museum.
Sie hatten beide zufällig gleichzeitig nebeneinander vor dem Bild gestanden. Es war keines der bekannten Bilder in dem Museum. Es war keines der Bilder, die die Besucher des Museums auf dem Weg durch die großen Säle suchten und vor denen sich die Leute dann drängelten.Die junge Frau hatte plötzlich unvermittelt, ohne den Mann neben sich je zuvor in ihrem Leben gesehen zu haben, mit dem Blick auf das Bild gesagt:
– Das erinnert mich an zu Hause.
– Wie bitte?, hatte der Mann neben ihr überrascht gefragt. Was sagten Sie?
Sie wurde sich bewusst, dass sie laut mit sich selbst gesprochen hatte.
– Ich musste an meine Heimat denken, sagte sie lächelnd, ich war schon sehr lange nicht mehr da.
Sie hatten sich angesehen und gelacht.
Das Bild hieß: »Die Brüder«.
Auf dem Bild sah man eine Werkstatt, in der zwei Männer standen. Die beiden Männer waren offensichtlich Zwillinge.

Die junge Frau und der Mann vor dem Bild fingen an, sich zu unterhalten. Sie sprachen und sprachen. Später liefen sie gemeinsam durch die halbe Stadt.
Sie blieben zusammen. Sie hatten sich verliebt, auf den ersten Blick. Sie war jünger als er.
Ein Jahr später sagte die junge Frau, dass sie nach Hause fahren müsse, ihr Großvater sei krank, er werde bald sterben.
Sie bat ihren Freund mitzukommen, komm mit, nur für ein paar Wochen. Sie hieß Isabel, er hieß Philipp.
Die Reise war schwierig. Isabel und Philipp blieben zweimal auf der Strecke wegen Maschinenschäden hängen. Eine Nacht verbrachten sie in einer Wartehalle ohne Fenster, und in einer anderen Nacht schliefen sie unter freiem Himmel, auf einem verbrannten Streifen Gras neben einer Betonpiste. Die Reise dauerte am Ende fast vier Tage. Schließlich standen sie an einem Bahnhof, nur noch drei Stunden von der Stadt entfernt, aber es ging kein Zug, in den nächsten vier Tagen gebe es keinen Zug, hieß es, der nächste Zug fahre erst in der kommenden Woche.
Es sprach sie ein Mann an, der ein Auto hatte und der in ihre Richtung fuhr. Der Mann nahm gegen Geld Leute mit.
Sie fuhren mehrere Stunden, bis sie der Wagen an einer Stelle an der Küstenstraße absetzte.
Dort an der Küstenstraße warteten Isabel und Philipp,

bis ein überfüllter Bus von den Dörfern kam, der sie in die Stadt brachte. Aus einem Kofferradio neben dem Fahrer kam laute Musik. Von der Haltestelle in der Stadt liefen sie mit ihrem Gepäck zu Fuß weiter.
Am nächsten Tag fuhren sie mit Isabels Mutter hinaus zu den Stromschnellen, das war Maria, die Lehrerin.
Am Tag danach saßen Isabel und Philipp schon früh am Morgen auf den Felsen am Meer.

Marias Mutter hieß Ruth. Ihr Vater hieß Mario. Mario war krank, schon lange.
Mario und Ruth hatten drei Töchter: Maria, Vera und Clara.
Maria arbeitete als Lehrerin, aber früher war sie einmal Anwältin gewesen. Vera war Ärztin, sie arbeitete in dem kleinen Krankenhaus zwischen den Wohnblöcken an der Neuen Hauptstraße, manchmal zwanzig Stunden am Stück. Clara arbeitete in der Verwaltung der Raffinerie. Clara hatte Wirtschaft und Sprachen studiert.
Es war später Sonntagvormittag, ein heißer Tag.
Mario war schon zurück ins Haus gegangen. Der Fernseher lief. Ruth stand noch auf der Straße und sah den Wagen nach, die ihre Tochter wegbrachten.
Die Straße hatte keinen Namen, oder: Sie hatte noch keinen Namen, aber weil es keine Straße ohne Namen gibt, nannte man die Straße seit langem die »nicht fertige Straße« oder auch »Kilo 14«, das kam von Kilometer 14.
Die »nicht fertige Straße« war eher eine Piste als eine Straße, rotbraune Erde, Steine, dazwischen Gras.
Die Polizeiwagen fuhren diese Straße hinunter, bogen dann ab auf eine Schotterstraße mit tiefen Schlag-

löchern und nahmen danach die breite, betonierte große Straße, die Neue Hauptstraße. Sie fuhren an der alten Markthalle vorbei und am großem Speicher, an den leeren Cafés und Trinkhallen, an den Ständen, an denen billige Haushaltswaren verkauft wurden, auch heute, am Sonntag, da gab es Batterien und Armaturen, Dichtungsringe, Töpfe, Siebe. Die Wagen fuhren an den Imbissbuden vorbei und an der Eisdiele.
Sie überquerten die eiserne Brücke und fuhren auf der geraden Landstraße durch die Ebene in Richtung des Meeres bis zur Küste, und dann fuhren sie immer an der Küste entlang.
Maria blickte auf das Meer, während sie die Küstenstraße entlangfuhren. Sie dachte an ihre Eltern und an ihre Tochter Isabel, die erst vor zwei Tagen nach einer weiten Reise angekommen war, mit ihrem Freund, und sie dachte an ihren Mann, Toni.
Es war inzwischen Sonntagmittag, niemand war unterwegs, kein Wagen, kein Bus, kein Lastwagen, kein Karren, der ihnen entgegenkam.
Es war heiß, und der Himmel hatte sich zugezogen.

In der Mitte der Brücke gab es einen Posten, der die vorbeifahrenden Fahrzeuge kontrollierte.

Die Brücke bestand aus tonnenschweren Gitterrosten, die auf Stahlträgern lagen, und als die Wagen mit Maria über die Brücke fuhren, schlugen die schweren Metallgitter auf die Träger der Brücke.

Unterhalb der Brücke standen ein paar wenige einfache Holzhäuser. Früher hatten hier Fischer gewohnt, aber die meisten Fischer waren von hier weggezogen.

In einem dieser Häuser am Wasser lebte eine Frau. Die Frau lebte allein. Maria hatte sie einmal verteidigt, als sie noch Anwältin gewesen war.

Die Frau hieß Nadja. Sie war dabei, ein Stück Dachpappe außen an die Holztür ihres Hauses zu nageln, als Schutz gegen den Regen. Sie hatte die Dachpappe am Tag zuvor am Straßenrand gefunden. Sie nagelte die Dachpappe an die Holzplanken der Tür, als die Wagen die Brücke überquerten. Sie hörte, wie die Gitter auf die Träger der Brücke schlugen, und sah kurz hinauf. Sie konnte nicht sehen, wer da oben die Brücke überquerte, aber sie erkannte an dem Schlagen der Gitter, dass es eine Wagenkolonne sein musste, Polizei, denn die Fahrzeuge waren auf der Brücke nicht langsamer geworden.

Hinter dem kleinen Haus trieben zwei an einen Pfahl gebundene Angelschnüre mit Haken in der langsamen Strömung des Flusses.

Mario und Ruth waren seit über fünfzig Jahren zusammen.

Mario war weit über sechzig, und er war krank, aber er ging trotzdem weiter jeden Tag außer sonntags zur Arbeit. Er hatte sein Leben lang am Bahnhof gearbeitet. Er konnte nicht aufhören.

Er hatte als einfacher Gleisarbeiter angefangen, und dann hatte er Rangierloks gefahren. Später verlud er die Ladungen der Frachtzüge, er wurde Kranführer, denn er hatte gute Augen und eine ruhige Hand, obwohl er trank. Die Arbeit auf den Loks hatte ihm gefallen, besser als die Arbeit als Kranführer, aber als Kranführer wurde er besser bezahlt, vor allem nachts.

Er hatte seine Frau kennengelernt, als er noch Gleisarbeiter war. Mario war siebzehn gewesen, und Ruth sechzehn. Sie bekamen drei Kinder, drei Mädchen.

Sie hatten kein Geld. Sie schliefen viele Jahre lang zu fünft in einem Zimmer. Die Familie seiner Frau sprach nicht mit Mario. Ruths Familie hatte selbst kaum Geld, aber die Familie hielt trotzdem viel auf ihre Herkunft. Man hielt sich für etwas Besonderes, nicht zuletzt, weil eine jüngere Schwester von Ruths Großmutter einst einen reichen, verwitweten Kaufmann geheiratet hatte.

Der Sohn dieser Großtante und des Kaufmanns war Richter geworden. Er war Ruths Taufpate, aber Ruth und er kannten sich nicht, sie waren sich in ihrem gesamten Leben nur am Tag von Ruths Taufe begegnet und danach nie wieder, obwohl sie in der gleichen Stadt lebten.

Wenn nachts die Frachtzüge mit den schweren Maschinenteilen für die Raffinerie oder die Fabriken kamen, wurden sie sofort verladen. Das war die Regel: Nichts bleibt auf der Schiene.

Diese Frachtzüge kamen oft unangekündigt, sie fuhren außerhalb des Fahrplans, wenn nachts die Schiene frei war, und dann musste alles sehr, sehr schnell gehen.

Mario bewegte im Licht der Scheinwerfer mit dem Kran die tonnenschweren Container über den Köpfen der Arbeiter und Hilfsarbeiter. Die Hilfsarbeiter waren oft halbbetrunken, es kam zu Unfällen. Es wurde geflucht.

– Wenn wir einen Hafen hätten.

– Was würde das ändern?

Das Abladen der Container mit den Teilen für die Fabriken und die Raffinerie musste bis vier Uhr morgens geschehen. Wenn ein Zug bis um vier Uhr früh nicht wegkam, blieb er hier bis zur nächsten Nacht liegen, und das durfte nicht passieren.

Ruth war nicht zurück ins Haus gegangen. Sie hatte den Wagen nachgesehen, bis sie sie nicht mehr sehen konnte. Sie hatte die Leute vor den Häusern gesehen und die Leute auf den Balkonen und an den Fenstern der Wohnblöcke.

Hundegebell, Hühner auf einem Flecken Grün zwischen den Häusern. Der im Haus laufende Fernseher, Stimmen, Musik.

Es begann mit einem Mal, heftig zu regnen.

– Hey, rief Mario vor dem Fernseher, als es anfing zu regnen, aber er stand nicht auf. Ruth blieb draußen stehen.

Victor, ihr Enkel, der Sohn ihrer zweiten Tochter Vera, kam mit einer großen Plastiktüte über dem Kopf im Regen die Straße hinuntergerannt. Er kam von der Arbeit in dem neuen Hotel.

Victor redete unter der Plastiktüte auf seine Großmutter ein. Er sagte ihr, dass sie nicht draußen im Regen stehen bleiben könne.

Der Regen prasselte auf die schwarze Tüte, die er über seine Großmutter und sich hielt, und lief ihm den Rücken hinunter. Schließlich führte Victor Ruth ins Haus.

Isabel und Philipp, die die schwimmende Stadt gesehen hatten, liefen am Meer entlang, bis sie die Mündung des Flusses erreichten. Sie trafen auf dem Weg auf keinen Menschen. Sie liefen am Ufer des Flusses entlang stromaufwärts.

Der Fluss zog langsam durch die Ebene, zog durch die großen Felder, zog an den Fabriken, an der Raffinerie und an dem Stahlwerk entlang und an der Stadt vorbei und dann zum Meer.

Weiter südlich, weiter im Landesinnern gab es eine Stelle, an der der Fluss klar und schnell war, aber hier nahe der Mündung war der Fluss träge und breit und tiefgrün.

– Man nennt diese Stelle den Blinden Mund, sagte Isabel. Hierher kommen Verliebte, sie werfen Blumen in den Fluss, das bedeutet, dass sie von da an ein Paar sind.

Sie warf eine Blüte in den Fluss.

– Schön, oder?

In einer Stunde würden sie an der eisernen Brücke sein, und von dort war es nicht mehr weit bis in die Stadt. Der Himmel hatte sich zugezogen. Es begann mit einem Mal, heftig zu regnen.

Gewitter in der Ebene waren gefährlich, das wusste Isabel seit ihrer frühesten Kindheit. Sie suchten Schutz. Sie liefen jetzt nicht mehr am Fluss entlang, sondern quer durch das Dickicht und durch die Felder. Anfangs sahen sie noch die sich am Himmel verzweigenden Blitze, dann aber fiel der Regen so dicht, dass sie nichts mehr sehen konnten.
Isabel und ihr Freund rannten durch ein hochgewachsenes Feld, der Regen schlug auf die großen Blätter der Pflanzen.
Sie fanden eine Hütte. Hier suchten sonst die Landarbeiter in der Mittagspause Schatten, oder sie suchten Schutz vor Gewittern, aber es war niemand hier, denn an diesem Tag arbeitete niemand, es war Sonntag.
Das Dach der Hütte war aus Holz und Stroh, hier war nichts aus Eisen, nicht eine Schraube, nicht ein Nagel, damit die Blitze nicht einschlugen, aber Isabel und Philipp wussten, dass das trotzdem geschehen konnte.
Sie saßen auf der Erde, auf dem Boden der Hütte, und sahen zur Tür hinaus in den Regen.
In den Nächten danach sprachen sie vor allem über die Geräusche an diesem Tag:
über das Prasseln des Regens auf dem Feld und auf dem Dach der Hütte, über das elektrische Knistern der Blitze und den Donner, das war ein Donner gewesen, der nicht aufhörte, der immer weiterrollte und weiterrollte.
Erst später hatten sie in dem Gewitter bemerkt, dass

sie nicht allein in der Hütte waren: Ein etwa fünfzehnjähriger Junge schlief zusammengekrümmt in der hintersten Ecke der Hütte. Isabel berührte den schlafenden Jungen. Der Junge schreckte auf und rannte aus der Hütte hinaus in das Gewitter. Sie riefen ihm nach, wo willst du hin, hab keine Angst, aber der Junge verschwand in dem dichten Regen.

Die Wagenkolonne war noch auf der Küstenstraße, als der Regen anfing. Es regnete so stark, dass die Fahrer nichts mehr sahen, trotz der laufenden Scheibenwischer. Die Wagen hielten an. Der Regen schlug hart auf die Dächer der Wagen und lief die Scheiben hinunter.
Die Fahrer versuchten über Funk miteinander zu sprechen, aber sie konnten nicht einmal ihr eigenes Wort verstehen. Die Frau, Maria, saß auf dem Rücksitz eines der Wagen. Neben ihr saß eine junge, dicke Polizistin in Uniform. Die Polizistin bewegte ihre Lippen, sie betete. Sie zitterte. Die Menschen hier hatten Angst vor Gewittern. In Gewittern wie diesem kamen immer wieder Menschen ums Leben. Maria hatte selbst erlebt, wie einmal ein Blitz in die alte Markthalle eingeschlagen hatte.
Maria meinte die Polizistin neben ihr auf der Rückbank zu kennen, vielleicht war sie eine frühere Schülerin von ihr. Den Fahrer und den Mann auf dem Beifahrersitz kannte sie nicht. Der Mann, der die Untersuchung geleitet hatte, Ramiel, saß in einem der Wagen hinter ihr.
Maria blickte hinaus in den Regen und sah nichts, nur ein verschwommenes Dunkelgrau, das immer wieder für Bruchteile von Sekunden von den Blitzen aufgerissen wurde.

Nach einer Stunde war das schwere Gewitter vorbei. Irina, die Mutter des fieberkranken Jungen, stand vor dem Eingang ihres Hauses. Der tote Hund lag am Rand der gegenüberliegenden Straßenseite.

– Und? Geht es jetzt besser? Sinkt das Fieber schon?, rief Anna, wie immer etwas heiser, etwas zu laut und wie oft schon mittags angetrunken.

Anna und Lucia hatten das Ende des Gewitters bei einer Freundin in einem der Häuser nebenan abgewartet.

Der Hund konnte nicht tot an der Straße liegen bleiben, aber niemand wollte ihn anfassen.

– Der Hund muss weg, hatte Irinas Mutter gesagt.

– Ich fasse ihn nicht an, hatte Irina geantwortet. Ihr rechter Arm war verbunden. Die Bisswunde tat weh.

– Was, wenn der Hund Tollwut hatte?

– Ihr habt ihn umgebracht, ihr müsst ihn begraben, sagte ihre Mutter.

– Begrab du ihn, sagte Irina.

– Ich habe ihn nicht umgebracht.

– Du hast gesagt, dass ich ihn umbringen muss.

– Ich habe gesagt, was du tun musst, um dein Kind zu retten.

Die drei Frauen gingen los, um den Hund zu begraben: Irina, Anna und Lucia.

Anna arbeitete als Putzfrau, auch bei Ramiel und seiner jungen Frau. Vor allem aber führte sie Frankie Weiss den Haushalt, das machte sie, seit sie siebzehn war. Frankie Weiss war früher einmal einer der erfolgreichsten Musiker des Landes gewesen.

Lucia arbeitete auch wie Anna als Putzfrau, aber lieber passte sie auf die Kinder der Leute im Viertel auf.

– Was soll schon passieren?, lachte Anna. Sie rauchte auf der nassen Straße. Der Hund ist tot!

– Das weiß man nie, sagte Lucia.

– Der Hund ist tot, du hast ihn selber umgebracht.

– Sag so was nicht. Außerdem hast du ihn umgebracht.

– Und jetzt?

– Und jetzt, was?

– Wohin damit jetzt?

Lucia wusste nicht, wohin damit.

Sie wollten den Hund nicht anfassen. Irina holte rosafarbene Gummihandschuhe aus dem Haus, aber sie hatte nur das eine Paar.

– Zwei Paar wären besser, sagte Anna. Sie rauchte und verzog den Mund. Sie versuchte, ein komisches Gesicht zu machen. Sie sah die Frau an, deren Junge seit zehn Tagen hohes Fieber hatte und der sterben würde, wenn das Fieber nicht bald sank. Sie wusste, dass sich nichts dadurch ändern würde, dass sie den Hund erschlagen hatten. Irina stand kurz davor, aus Angst um das Kind verrückt zu werden.

– Wir brauchen eine Schaufel. Hat jemand eine Schaufel?

– Ich frage, sagte Lucia. Ich gehe fragen.

Lucia ging zu einem der Häuser auf der anderen Straßenseite. Anna und Irina blieben neben dem Hund stehen. Irina begann zu schluchzen.

Lucia kam mit einer Schaufel zurück und tat so, als ob sie nichts bemerken würde.

– Was ist mit einem Sack, hast du keinen Sack?, fragte Anna. Komm, beweg dich.

Irina nickte und lief ins Haus. Anna atmete tief durch.

– Was für eine Scheiße.

Anna hatte einen der rosafarbenen Handschuhe an und Lucia den anderen. Sie zogen den toten, nassen Hund an seinen Hinterläufen hoch und versuchten, ihn in den Sack zu stecken. Irina versuchte, den Sack aufzuhalten, und dabei drehte sie den Kopf weg.

– Wir können auch die Plätze tauschen, sagte Anna.

Sie verknoteten den Sack. Anna und Lucia zogen den Sack abwechselnd hinter sich her in Richtung des Stadtrands, in Richtung des Flussufers. Irina lief hinterher. Sie kamen durch eines der ärmsten Viertel der Stadt. Dieses Viertel wurde bei Hochwasser manchmal überschwemmt, deshalb nannte man es »die Pfütze«.

– Wisst ihr, wer hier wohnt?
– Nein, Anna, wer wohnt hier?
– Ich.
– Ach.
– Und Frankie Weiss, der schönste Mann der Welt. Gut – früher einmal der schönste Mann der Welt.
Die Häuser in der »Pfütze« waren nicht so wie die Häuser in den anderen Teilen der Stadt. Sie waren zusammengezimmert, aneinandergelehnt, übereinandergetürmt, sie bestanden eher aus Holz und Blech als aus Stein.
– Das Loch musst du graben, sagten sie zu Irina, deren Kind im Sterben lag.

Nadja, die Frau, die unterhalb der Brücke am Fluss wohnte, war trotz des Gewitters mit einem Regenschirm aus dem Haus gelaufen. Sie hatte nach den Vögeln gesehen, die sie in einigen Käfigen hinter dem Haus hielt. Sie hatte hinauf zu der Brücke geschaut.
Dann hörte das Gewitter auf, und am späten Nachmittag kam die Sonne heraus.
In dieser Zeit des Jahres kam es gegen Mittag oft zu schweren Wolkenbrüchen. Morgens brannte die Sonne an einem wolkenlosen Himmel, dann zog ein Gewitter auf, und später rissen die Wolken wieder auf. Am Ende des Tages ging die Sonne rot unter.
Die Frau setzte sich an den Fluss. Zwei an einen Pfahl gebundene Angelschnüre trieben in der Strömung.
Man sagte von der Frau, sie könne sich unsichtbar machen.
Es hieß, sie könne durch Wände gehen, sie könne fliegen. Es hieß, die Frau habe einmal alle Männer der Stadt verrückt gemacht.
Sie war eine einfache Frau, sie arbeitete auf den großen Feldern, aber sie lebte seit langer Zeit in dem kleinen Holzhaus unterhalb der Brücke am Fluss, außerhalb der Grenzen der Stadt.

Toni und sein Bruder Freddi waren von dem Gewitter überrascht worden, als sie gerade zusammengepackt hatten und von dem Dach des Hauses heruntterstiegen, auf dem sie den alten Tank repariert hatten.
Sie hatten auf der Treppe des Mietshauses gesessen, bis der Regen vorbei war.
Als Toni nach Hause kam und das verrostete Tor zum Hof öffnete, sah er, dass der Hund an der Kette war. Er dachte, es sei Besuch im Haus, aber es war niemand da. Er fand die aus den Schränken und Schubladen gerissenen Sachen auf dem Fußboden. Er lief aus dem Haus und rief den Namen seiner Frau Maria. Marias Mutter Ruth, die gegenüber wohnte, kam an das Tor. Ruth und Toni sprachen nur selten miteinander, sie mochte ihn nicht. Ruth sagte Toni, dass man Maria abgeholt habe. Sie kam nicht ins Haus.
Toni setzte sich an den kleinen Tisch mit der zersprungenen Glasplatte in der Küche und wartete. Er hörte, wie jemand das verrostete Tor öffnete und wieder schloss. Der Hund schlug nicht an. Das musste Maria sein, dachte Toni für einen Moment, aber es waren seine Tochter Isabel und ihr Freund, die erst vor wenigen Tagen angekommen waren.

Ramiel war an dem Abend des Tages, an dem er seinen Namen in dem Notizbuch gefunden hatte und an dem seine Frau Irina einen Hund erschlagen hatte, erst sehr spät nach Hause gekommen. Er war ins Haus gegangen und hatte nach dem kranken Jungen gesehen. Der Junge hatte im Fieberschlaf die Augen geöffnet, ihn angesehen und nicht erkannt.

Ramiel hatte dann noch lange vor der Tür des Hauses gesessen. Er saß, noch immer in der Uniform, die er an diesem Tag trug, auf den Stufen vor dem Haus, erst allein und dann zusammen mit seiner Frau. Die Großmutter, das war die Mutter seiner Frau, war währenddessen bei dem fiebernden Jungen geblieben.

Irina erzählte Ramiel, was sie getan hatte.

Dass sie und Anna und Lucia einen Hund erschlagen hatten, einen Streuner.

Dass es hieß, der Hund habe Unglück über die Familie gebracht, über den Jungen. Ramiel sah sie an und sagte nichts. Ramiels Frau war zwanzig Jahre jünger als er.

Sie sagte ihm, dass das Fieber seitdem nicht gefallen war.

Ramiel dachte daran, wie er seinen Namen in dem Notizbuch gefunden hatte. Er dachte an die Lehrerin

Maria, die er kannte, seit sie fast noch Kinder waren. Er dachte an seinen ersten Sohn, Petja. Der Junge war vor drei Tagen in der Nacht vor seinem fünfzehnten Geburtstag verschwunden.

Es war ein verbotener Brauch, ein Brauch, den Ramiel, ranghöchster Polizist der Stadt, selbst verboten hatte, aber das Verbot hatte nichts geändert:

Jeder Junge in der Stadt sprang in der Nacht vor seinem fünfzehnten Geburtstag von der Brücke in den Fluss, und dann liess er sich in der Dunkelheit von der langsamen Strömung den Fluss hinuntertreiben.

Die warme, feuchte Luft, das kühle Wasser.

Mondlicht und gleichzeitig völlige Dunkelheit an den Ufern, kein einziges Licht, keine Lampe, keine Kerze, kein Haus, keine Hütte, kein Boot in der Nacht, nichts, nur das Geräusch der Grillen. Die Ebene zog an dem Jungen vorbei. An der Flussmündung schwamm er an das Ufer und lief dann den Fluss entlang zurück zur Stadt. Die anderen Jungs, die Freunde warteten am Ende der Brücke, im Schatten, nicht im Flutlicht bei dem Kontrollpunkt, und wenn der Junge dann zurück zur Brücke kam, zu Fuß, eine Stunde später, dann war er erwachsen, so ging der Brauch.

Die Mädchen sprangen nicht, nie. Kein Mädchen sprang.

Ein einziges Mädchen war je gesprungen – Maria. Das war vor fünfunddreißig Jahren gewesen, und dann war ihr ein Junge hinterhergesprungen. Dieser Junge war Ramiel.

Sie hatten in einer Nacht alle an der Brücke gestanden, er und die Freunde, einfach so, weil es nichts Besseres zu tun gab, keiner wurde am nächsten Tag fünfzehn.

Ramiel sah, wie Maria auf das Geländer kletterte und sprang, er sah, wie sie in der Dunkelheit unter der Brücke verschwand, und dann sprang er ihr hinterher, er kannte sie gar nicht, sie war nur die Freundin einer Freundin einer Freundin.

Maria tauchte tief in den Fluss, die Unterströmung erfasste sie, und zuerst kam sie nicht wieder hoch. Dann tauchte ihr Kopf auf, und Ramiels Kopf tauchte auf, in ihrer Nähe.

Sie trieben zusammen den Fluss hinunter und sahen in die Dunkelheit.

– Hier werden eines Tages Häuser stehen, sagte er zu ihr, hier wird es Straßen geben, sagte sie, Hotels, Bars, Geschäfte, hier wird es einen Hafen geben und später einen Flugplatz.

Die Flussmündung wird sich in einen Hafen verwandeln, und von diesem Hafen aus werden Schiffe stromaufwärts fahren und in die ganze Welt.

Eine Werkstatt. Obwohl durch ein offenes Fenster von links helles Sonnenlicht auf den Holzfußboden fiel, war es in der großen Werkstatt dunkel.
In der Tiefe des Raumes brannte eine Feuerstelle, eine Esse. In der Mitte der Werkstatt standen zwei Männer und bearbeiteten ein glühendes Eisen. Einer der beiden Männer stand nahe des Sonnenflecks im Licht, während der andere, obwohl nur wenige Meter entfernt, beinahe in der Dunkelheit der Werkstatt verschwand. Es waren zwei Schmiede, und die Glut des Eisens warf einen roten Schein auf das Gesicht des Mannes im Halbdunkel. Die beiden Männer waren Zwillinge.
Hinter dem offenen Fenster ein sommerlicher Himmel, man ahnte eine Stadt, eine Landschaft, die sich in der Weite jenseits des Fensters verlor.
Der Maler des Bildes war unbekannt. Erst nach langem Betrachten des Bildes bemerkte Philipp, dass auch die dem sonnigen Fenster gegenüberliegende Wand in der Dunkelheit ein offenstehendes Fenster hatte, doch vor diesem Fenster herrschte Finsternis wie in einer mondlosen Nacht. Vielleicht, wahrscheinlich führte das Fenster zu einem lichtlosen Innenhof oder zu einem Schacht.

Auf einem langen Tisch in der Nähe dieses dunklen Fensters lagen Ballen von Stoff oder Leinwand, und neben den Stoffballen lagen Tiere, wie man es von Stilleben aus der Malerei kannte, es lagen tote Tauben und Hasen auf dem Tisch, die Köpfe der Tiere hingen von der Tischkante herab. Es war nicht verständlich, warum die Tiere hier lagen, denn dies war eine Schmiede, keine Küche, auch wenn in der Tiefe des Raumes bei der Esse eine Frau saß, die einen Vogel rupfte. In dem hellen Sonnenfleck auf dem staubigen Holzfußboden lagen ein Springseil und ein Kreisel.

Die beiden Männer schienen abwechselnd auf das glühende Eisen einzuschlagen. Eine junge Frau lehnte sich von draußen durch das offenbar ebenerdige Fenster zur Werkstatt herein.

Isabel lachte überrascht auf, als sie den Titel des Bildes las. Das Bild hieß »Die Brüder«.

Sie sagte unvermittelt laut: Das erinnert mich an zu Hause.

Der Mann neben ihr sah sie überrascht an.

– Wie bitte? Was sagten Sie?

Er war älter als sie. Isabel und der Mann kannten sich nicht, sie waren sich nie zuvor begegnet.

– Ich musste an meine Heimat denken, sagte sie und lächelte über sich selbst.

– Das Bild erinnert mich an meine Heimat. Ich war schon sehr lange nicht mehr da.

Isabel deutete auf ein Detail in dem linken, helleren Teil des Raumes.
– Was ist das?, fragte der Mann.
– Ich glaube, das ist ein Bienenstock.
Erst später erzählte sie ihm von zwei Brüdern, Zwillinge wie die auf dem Bild, die in der Stadt, aus der sie kam, am selben Tag zur selben Stunde an unterschiedlichen Orten ums Leben gekommen waren. Das sei geschehen, bevor sie geboren wurde.

Auf den offenen Ladeflächen der Lastkraftwagen standen dichtgedrängt Männer und Frauen, die in der Morgendämmerung zur Arbeit gebracht wurden. Die meisten fuhren auf die großen Felder. Eine der Arbeiterinnen sagte, sie habe den fieberkranken Jungen gesehen, am Tag zuvor während des großen Gewitters, auf der Brücke. Der Junge sei in dem Regen über die Eisenbrücke gelaufen, und er habe einen Reifen mit einem Stock vor sich hergetrieben, so wie das Kinder früher taten.

– Aber woher weißt du, dass es der Junge war und nicht irgend ein anderes Kind?

– Es war so, ich habe ihn gesehen.

– Der Junge liegt seit Tagen krank zu Hause.

– Der Junge hat hohes Fieber.

– Es kann nicht der Junge gewesen sein.

– Wenn es nicht der Junge war, dann war es sein Geist. Der Geist des Jungen läuft bei Gewitter durch die Straßen und spielt mit einem Reifen, während der Körper des Jungen zu Hause liegt und langsam stirbt.

Die Sonne ging auf. Die Männer und die Frauen auf den Ladeflächen sprachen darüber, dass man eine Stadt auf dem Meer gesehen habe, eine schwarze Stadt, die an der Küste entlanggezogen sei.

– Weiß, sagte ein anderer, die Stadt war weiß, sie soll weiß gewesen sein.
Sie sprachen über den Kampf mit dem Hund.
Sie sprachen darüber, dass man die Lehrerin abgeholt hatte, Maria, und niemand wusste, warum.
Es gab Gerüchte.
Eine Frau aus der Verwaltung habe sich am Freitagnachmittag umgebracht, noch jung, keine einundzwanzig Jahre, die junge Frau sei krank gewesen.
Tippen des Fingers an den Kopf.
– Schon lange.
Sie habe sich aufgehängt, und die Ärztin habe sie abgeschnitten.
– Wann hast du den Jungen gesehen?, fragte einer der Männer die Frau.
– Während des Gewitters.
– Während des Gewitters lag der Junge krank zu Hause im Bett, das kann er nicht gewesen sein.
– Es ist ein Tausch, sagte jemand. Jemand tauscht seinen Tod gegen das Leben des Jungen.
Man sprach von weinenden Spiegeln. Der böse Blick, Geistererscheinungen, weinende Spiegel, Seelenwanderungen, Beschwörungen, Tauschgeschäfte von Leben und Tod:
Darüber sprachen die Männer und Frauen auf den Lastwagen oft, auf dem Weg zu den großen Feldern.
Die Frau, die den Geist des Jungen gesehen hatte, oder

die glaubte oder einfach nur behauptete, dass sie den Jungen gesehen hatte am Tag zuvor, kannte die Frau, die abgeholt worden war, Maria.
Maria hatte ihr vor vielen Jahren geholfen, aus einer Sache herauszukommen, da arbeitete die Frau noch auf der Straße und lebte noch nicht in dem Haus am Fluss. Diese Frau hieß Nadja.

Er hatte einen winzigen Friseursalon.
Er hatte ein paar Scheren, er hatte einen Kamm, und er hatte eine Maschine zum Haareschneiden mit Aufsätzen in unterschiedlichen Längen.
Die Frauen schnitt er mit Schere und Kamm, die Männer mit der Maschine. Die meisten seiner Kunden waren Männer, aber es kamen auch Frauen.
Er selbst hatte einmal lange Haare gehabt, jetzt war er kahl. Der Friseur hieß Ugo.
An den Wänden und in dem Fenster des kleinen Friseursalons hingen alte Schwarzweißfotos von Filmstars aus dem zwanzigsten Jahrhundert. Audrey Hepburn. Cary Grant. Monica Vitti.
Den Kindern, denen er die Haare schnitt, erzählte er manchmal, die Leute auf den Fotos seien früher einmal seine Kunden gewesen, aber jetzt lägen sie alle auf dem Friedhof, und dann machte er eine Kopfbewegung in Richtung des Friedhofs.
Der Friseursalon hieß »Victoria«, so wie seine erste Frau, die vor sehr vielen Jahren weggegangen war.
Die Leute standen Schlange vor dem kleinen Salon. Ugo, der Friseur, arbeitete so schnell er konnte. In der Schlange und in dem Friseursalon wurde viel über die

Stadt auf dem Wasser gesprochen: wie sie ausgesehen hatte und wie sie in der Ferne verschwunden war.
Die weiße Stadt.
Der Ölfilm auf dem Wasser.
Die Leute in der Schlange warfen dem Friseur fragende Blicke zu, denn Ugo war ein wichtiger Mann im Ort, seine Meinung wog viel. Der Friseur war so etwas wie ein Künstler, und früher hatte er einmal ein Kino gehabt, bis es eines Nachts von der Verwaltung geschlossen worden war. Das Kino hatte »Tornado« geheißen.
Die Fotos, die jetzt in dem Friseursalon »Victoria« hingen, hatten einmal im »Tornado« gehangen, für die meisten Bilder aus dem »Tornado« hatte der Friseur aber nach der Schließung des Kinos keinen Platz mehr gehabt, und deshalb hatte er sie vor vielen Jahren einem Mann geschenkt, der damals nach einem Namen für das Restaurant suchte, das er eröffnen wollte.
Das Restaurant lag gegenüber dem Friedhof. – Wie wäre es mit »Cinecittà«?, hatte der Friseur gesagt.
Der andere Mann hatte nicht gewusst, was das bedeutete, aber ihm gefiel der Name.
Fragender Blick zu dem kahlen Friseur: Ob die Stadt nicht doch schwarz gewesen sei, es gebe Leute, die sagten, die Stadt sei schwarz gewesen.
Die weiße Stadt, die schwarze Stadt.
Kopfschütteln, zusammengekniffene Münder, niemand

hatte die Stadt selbst gesehen, ein Zigarettenstummel fliegt im Bogen auf die Straße.

– Nein, so kann es nicht gewesen sein.

– Ein Irrtum.

– Die hatten vielleicht etwas anderes gesehen, ein Schiff oder einen Tanker.

– Ja, das könnte sein, ein Schiff.

Maria hatte, als sie noch Anwältin war, einmal eine Frau vor Gericht verteidigt.
Diese Frau hatte ihren Körper verkauft, nachts auf der Straße, und die Männer in der Stadt waren wegen der Frau verrückt geworden. Die halbe Stadt war wegen ihr verrückt geworden.
In dem Prozess gegen die Frau war es im Kern darum gegangen, was vor dem Recht höher stand:
Die Freiheit des Einzelnen oder das Wohl der Gemeinschaft, und das führte zu der Frage, was diese Begriffe ausmacht: Freiheit und Wohl und Gemeinschaft.
Maria hatte den Prozess gewonnen und gleichzeitig verloren. Die Frau, die Maria verteidigt hatte, kam frei und zog danach außerhalb der Stadtgrenzen in ein Holzhaus am Fluss, und Maria verteidigte danach nie wieder jemanden. Sie verlor ihre Arbeit als Anwältin.
Sie schlug sich eine Zeitlang als Schreibkraft durch.
In dieser Zeit lernte sie ihren späteren Mann kennen, Toni.
Toni war Elektriker und Tischler und Barmann und, wie fast alle jungen Männer in der Stadt, Hilfsarbeiter am Bahnhof.
Später gab man Maria eine Stelle als Lehrerin, denn sie

hatte nicht nur Jura studiert, sondern auch etwas Geschichte und Literatur.
Maria saß vorne halb auf dem Lehrertisch in einem Klassenzimmer, in dem die Wände vor Feuchtigkeit angelaufen waren, und draußen schien die Sonne. Draußen vor dem Fenster war es brütend heiß, und dann regnete es irgendwann in Strömen, oder es fiel im Winter ein kühler Schauer, eher ein Nebel.
Maria unterrichte ihre Schüler in Geschichte.
Sie trug eine Uniform: einen dunklen, engen Rock und eine weiße Bluse.
Sie sprach über Könige und Generäle, über Niederlagen und Siege großer Streitmächte zu Land und zu Wasser, über aufblühende und untergehende Königreiche, sie sprach von Pharaonen, Zaren, von Präsidenten und von Philosophen und von Heiligen. Sie sprach von Krönungen und von Enthauptungen, sie sprach über Hungersnöte, über Reichtum und Armut, über Völkerwanderungen, und von Erfindern und Entdeckern.
Richard Löwenherz. Alexander der Große. Johanna die Verrückte. Christoph Columbus. Sie sprach über den heiligen Lazarus und über Artus und Merlin, Amundsen und Scott, über die Loreley und Cicero und Jules Verne.
Maria sprach von großen Kämpfern und Helden, Achilles, Odysseus, Siegfried, und von fernen, oft grausamen Göttern, und manche dieser Helden hatte es nie gege-

ben, so wie es vielleicht nicht einmal die Dichter gegeben hatte, die diese Helden erfunden hatten – so wie vielleicht den blinden Dichter Homer.
An manchen Tagen, wenn sie genug über die Könige Ludwig von Frankreich und Philipp von Spanien und George Washington und Julius Caesar und Maximilien Robespierre, der sehr viele Menschen enthauptet hatte und dann selbst enthauptet worden war, und Königin Elizabeth, die Erste von England, und Johannes Gutenberg, Erfinder des Buchdrucks, und Martin Luther und Dschingis Khan und Kaiser Karl den Großen gesprochen hatte, rutschte sie von dem Tisch vorne in dem Klassenraum, in dem die Farbe von den Wänden blätterte, stellte sich mit dem Rücken zu den Schülern ans Fenster, sah hinaus in das Licht und sagte:
Es lebte einmal ein Mann, der wurde verrückt vor Liebe, stellt euch einmal das vor. Dieser Mann war ein König, er hieß König Vadim von Riga und Reval, aber man nennt ihn auch den König der neunzigtausend Meilen.
Dieser König liebte eine Frau, das war die Königin von Galizien und Kastilien, Katharine von Aragon, und Katharine von Aragon liebte Vadim von Riga und Reval, und trotzdem wurden die beiden kein Paar.

Das Krankenhaus war klein, zwei Stockwerke, ein Seitenflügel. Wenn es regnete, tropfte es in dem Krankenhaus durch das Dach.
Es arbeiteten hier drei Ärzte und eine Ärztin. Diese Ärztin war Vera.
Vera war Marias jüngere Schwester. Die Ärzte in dem Krankenhaus waren gute Ärzte. Sie erkannten bevorstehende Herzinfarkte, die Ärzte hier hatten alle Formen von Krebs gesehen. Im Notfall operierten sie, obwohl sie dafür nicht wirklich ausgerüstet waren. Sie kämpften gegen das Fieber, aber sie konnten die Fieberpatienten nicht aufnehmen. Sie nähten Platzwunden, sie schienten Brüche. Wenn es sein musste, zogen sie Zähne.
Wenn jemand im Ort gestorben war, riefen die Leute bei der Polizei an, und die Polizei rief dann im Krankenhaus an, und das Krankenhaus schickte einen der vier Ärzte.
Sie hatten Vera geschickt, als sich die junge Frau aus der Verwaltung aufgehängt hatte.

Es war sehr traurig gewesen, die tote junge Frau zu sehen. Sie hatte sich schön gemacht. Sie war in einem kurzen Rock auf den Schreibtisch gestiegen, sie hatte

Ohrringe getragen. Sie hatte sich die Fingernägel frisch lackiert.

– Sie war schwermütig, sagte die Ärztin, schon lange, schon als junges Mädchen. Schon als Kind.

Als der Junge in der Nacht nach dem Sprung in den Fluss nicht zurückkam, hatten sie auch die Ärztin geholt. Ein Wagen der Polizei hatte sie am Krankenhaus abgeholt, und dann stand sie in ihrem weißen Kittel auf der Brücke im Flutlicht, sie sah in die Gesichter der Polizisten und der Jugendlichen. Den Wagen der Polizei hatte der Vater des Jungen gefahren, Ramiel.

– Was soll ich machen?, hatte Vera gefragt.

Die Frau hatte einen Schlittenhund, trotz der Hitze, die im Sommer in der Stadt herrschte, und sie hatte eine große Schildkröte, und auf dem Rücken dieser Schildkröte saß ein Pelikan, der eines Tages der Frau zugeflogen war.

Der Pelikan verließ die Wohnung nur, wenn die Frau ihn – wie den Schlittenhund – an einer Leine durch die Straßen führte.

Diese Frau hatte die ganze Nacht hindurch geschrien, und dann war sie in der Morgendämmerung mit einem Messer in der Hand aus dem Haus gelaufen und hatte dort weiter geschrien. Sie hatte geschrien, wenn die Tiere nicht wären, würde sie sich umbringen.

Diese Frau hieß Julia. Julia war Ramiels erste Frau, die Mutter von Petja, des Jungen, der in der Nacht vor seinem fünfzehnten Geburtstag im Fluss verschwunden war.

Petja war Marias Schüler gewesen.
Der Junge hatte seinen Platz in dem Klassenzimmer an einem der hinteren Tische. Er war ein aufmerksamer, guter Schüler.
Vorne an dem Tisch vor der Klasse stand Maria in dem engen Rock und der weißen Bluse und erzählte den Schülern im Geschichtsunterricht von den Päpsten und den Gegenpäpsten, von der Entdeckung der Quellen des Nils und von Tausendundeiner Nacht, von Mao Tse-tung und von den Weberaufständen in Schlesien und von den Königen Priamos und Agamemnon, von Nikola Tesla, James Watt, Yuri Gagarin und von Napoleon und seiner Krönung zum Kaiser, und sie sprach über den König Vadim von Reval und Riga, der neunzigtausend Meilen zu Fuß durch die Wildnis gelaufen war.
Petja hatte sich in ein Mädchen verliebt, das er nicht kannte.
Er hatte sie an einem Freitagnachmittag vor der Eisdiele gesehen, sie hatte draußen allein an einem der Tische gesessen. Sie war fünf oder sechs Jahre älter als er. Sie hatte traurige Augen, das berührte den Jungen.
Er sprach sie an.
Er fragte sie, ob sie allein sei.

Wie sie heiße.
Sie sagte, sie heiße Schneider, und er sagte, Schneider, das ist ein Nachname, wie ist dein Vorname?
Sie sagte, ihr Vorname sei Claudia.
Claudia trug eine etwas zu enge weiße Bluse. Sie sagte, sie arbeite, seit sie mit der Schule fertig sei, in der Verwaltung.
Als Claudia am Montag nach dieser Begegnung zur Arbeit kam, fand sie einen mit Schreibmaschine geschriebenen Brief auf ihrem Schreibtisch. Der Brief war von Petja.
Petja schrieb ihr schöne Dinge. Er schickte ihr Gedichte. Er schrieb ihr, er habe sich in sie verliebt. Er schrieb ihr, er wisse, dass er zu jung für sie sei, aber er werde bald fünfzehn.
Er sah sie in den folgenden Wochen noch dreimal vor dem Eisladen, zufällig, nicht verabredet, denn sie beantwortete keinen seiner Briefe.
Er begrüßte sie, lächelte ihr zu, sprach mit ihr, ohne Scheu, und sie antwortete auch ohne Scheu, ohne Spott, und dann sagte sie, dass sie gehen müsse. Sie sprachen nicht über die Briefe, nicht über die Gedichte, die er ihr geschickt hatte.
Er schrieb ihr weiter, und sie schrieb ihm niemals zurück.
Claudia war die junge Frau, die sich in ihrem Büro aufgehängt hatte. Die letzten Briefe, die Petja ihr geschrie-

ben hatte, fand man nach ihrem Tod in ihrer Schreibtischschublade, ungeöffnet.
Claudia war seit ihrer Kindheit ein schwermütiger Mensch, sie konnte keinerlei Freude im Leben entdeckten, niemals. Als sie neun Jahre alt war, erschien sie eines Nachmittags nach der Schule im Krankenhaus. Die Ärztin, Vera, fragte sie, was ihr fehle, und das etwas kleine, zu dicke Mädchen hatte gesagt:
– Ich fühle mich nicht gut. Am liebsten wäre ich tot.
– Das ist ja furchtbar, hatte die Ärztin gesagt, wissen deine Eltern, dass du hier bist?
Es war Claudia nie gelungen, einen Sinn im Leben zu entdecken, sie lebte in fortwährendem Dunkel, in fortwährender Traurigkeit. Als sie dann etwas älter wurde, kam zu der Dunkelheit und zu der Traurigkeit Angst, und mit der Angst kam ein Gefühl der Lähmung.
Sie meinte, nicht atmen zu können, sie hatte das Gefühl, die Augen nicht offen halten zu können.
Sie aß gerne Eis.
Sie verstand nicht, was Petja ihr schrieb. Es erreichte sie nicht, es drang nicht zu ihr durch die Dunkelheit.
»Liebe Claudia, nächsten Samstag werde ich fünfzehn, kommst du am Abend davor zur Brücke? Das wäre sehr schön.
Dein Petja«
Alles, was der Junge ihr schrieb, war ihr fremd, und, schlimmer noch, mit jedem Brief, den sie von ihm be-

kam, schien ihr die Welt noch fremder, verschlossener und dunkler.

Ein älterer Kollege aus einem der Büros auf dem Flur fragte sie, ob sie mit ihm schlafen wolle, und sie sagte, ja. Sie traf sich mit dem Mann dreimal, aber sie empfand nichts dabei außer entsetzlicher Leere.

Sie ging mit einem Mann mit, der sie an der Eisdiele ansprach. Von diesem Mann hieß es, er sei einmal berühmt gewesen, aber sie kannte ihn nicht. Sie hatte nie von ihm gehört. Der Mann hieß Frankie Weiss.

Und dann war eines Tages alles so dunkel, dass sie es nicht mehr aushielt. Sie stieg auf den Schreibtisch in ihrem Büro und erhängte sich. Das war am Nachmittag des Freitags gewesen, kurz vor Feierabend. Am Abend desselben Tages wusste die ganze Stadt davon, auch Petja.

Ein paar Stunden später hatte er sich dann mit seinen Freunden an der Eisenbrücke getroffen, denn es war der Abend vor seinem fünfzehnten Geburtstag. Petja war in den Fluss gesprungen und nicht wieder zurückgekommen.

Petja hatte sich den Fluss hinuntertreiben lassen, allein, in der Dunkelheit. Er hatte an das Mädchen gedacht, das sich umgebracht hatte. Er hatte sie kaum gekannt, aber er war verliebt in sie gewesen.

Petja verstand nicht, was geschehen war, er verstand nicht, wie das, was geschehen war, hatte geschehen kön-

nen, und er wollte nicht eher in die Stadt zurückkehren, bis er es verstanden hatte.
Er war ans Ufer geschwommen, unten bei der Mündung des Flusses. Diese Stelle nannte man den Blinden Mund. Es war eine warme Nacht. Petja kletterte hinauf ans Ufer und verschwand in dem Dickicht. Er sah in der Dunkelheit fast nichts. Die Zweige der Büsche schlugen ihm ins Gesicht, Dornen zerkratzten seine Beine, seine Arme, seinen Körper. Er versuchte umzudrehen, aber es war so dunkel, dass er nicht den Weg zurück ans Flussufer fand. Stattdessen erreichte er nach etwa einer halben Stunde eine Stelle, an der das Dickicht sich etwas lichtete. Petja setzte sich. Er beschloss, an dieser Stelle für den Rest der Nacht zu bleiben. Er legte sich auf die feuchte Erde und blickte in den Sternenhimmel.
Er hörte knackende Geräusche, das waren vielleicht Tiere, die sich in der Nacht durch das Dickicht bewegten.
Er hörte Frösche, Grillen.
Er meinte, den Schatten eines Nachtvogels oder einer Fledermaus über sich zu sehen. Mücken sirrten an seinem Ohr vorbei. Er spürte, wie die Ameisen über seine Beine liefen. Petja lag auf der Erde, sah in den Himmel und dachte an das Mädchen, das sich umgebracht hatte.
Der Schmerz, den er empfand, brachte ihn fast um seinen Verstand.

Petjas Freunde hatten auf ihn gewartet, erst an der Seite der Brücke im Dunkeln, halb versteckt, und dann trotz der Flutlichter und der Polizisten an dem Kontrollpunkt in der Mitte der Brücke. Sie hatten in die Tiefe gesehen, über Stunden, sie hatten nach ihm gerufen, aber er war nicht zurückgekommen.

Isabel wachte am Tag nach der Verhaftung ihrer Mutter bei Sonnenaufgang auf und dachte, noch halb im Schlaf, an den Jungen, den sie in der Hütte gesehen hatten – der Junge, der in den Regen gerannt war. Dann dachte sie an ihre Mutter. Als ihr Freund Philipp etwas später aufwachte, machte sie Kaffee. Die beiden standen in der Morgensonne vor dem Haus auf dem betonierten Hof. Der Hund begrüßte sie.

Isabels Vater, Toni, war nicht da, er war schon bei der Arbeit. Isabel hatte gehört, wie ihr Vater in der Dämmerung das Hoftor geöffnet und hinter sich geschlossen hatte.

Isabel und ihr Freund wussten nicht, was sie tun sollten.

– Ich zeige dir den Markt, sagte sie.

Es gab von dem Haus aus zwei Wege zu der alten Markthalle. Der eine Weg führte über die Schotterstraße und die Neue Hauptstraße, die die Stadt in zwei Hälften teilte. Der andere Weg führte quer durch das Viertel, an dessen Rand das Haus und die nicht fertige Straße »Kilo 14« lagen. Dieses Viertel nannte man die »Zwiebelschüssel«. Der Weg quer durch das Viertel war kompliziert.

Isabel und ihr Freund nahmen den Weg durch die »Zwiebelschüssel«. Isabel zeigte ihrem Freund die Häuser, in denen früher ihre Freundinnen gelebt hatten. Vielleicht lebten sie immer noch dort, aber Isabel blieb nur an einem einzigen der Häuser stehen, um einen Namen zu rufen: Cora.

Es antwortete niemand. Nur ein Hund schlug an. Sie liefen weiter und erreichten schließlich die alte Markthalle. Sie gingen zwischen den Ständen entlang. Sie sahen Tomaten, Gurken, Zucchinis, Kürbisse, Fleisch, auch Fisch.

– Willkommen zurück in der lang vergessenen Heimat, hörten sie plötzlich jemanden laut hinter ihnen rufen.

– Die Welt richte ihre Augen auf dieses Bild: Die schöne Isobel in der Begleitung ihres Paladins, zurück in der Stadt der unsichtbaren Türme!

Isabel und ihr Freund drehten sich um. Hinter ihnen stand ein Mann zwischen sechzig und siebzig mit wirrem Haar. Er trug abgetragene Hosen und ein altes grünes Sakko. Er lief in Sandalen. Der Mann freute sich, die junge Frau zu sehen. Er breitete die Arme aus, sein ganzes Gesicht strahlte.

– Willkommen zu Hause im Reich der langen Schatten und der hoffnungsfrohen Pessimisten!

Dieser Mann war Darius Roth. Darius war Schriftsteller.

Isabel und Darius hatten sich durch Zufall kennengelernt, am Tresen in einer Bar, sehr weit weg von hier.

Ramiel ging den Jungen suchen.
Er lief an den Nachmittagen beide Ufer des Flusses ab. Er lief bis zum Blinden Mund und weiter bis zum Meer und dann wieder zurück. Er suchte nach dem Körper des Jungen im Schilf, er suchte nach Spuren, er kroch durch das Dickicht, aber das Gebiet war viel zu groß, als dass er Petja hätte finden können. Er hoffte, dass der Fluss den Körper nicht hinaus aufs Meer getragen hatte.
Ramiel setzte sich im Dickicht auf die schwarze Erde und wartete, lauschte, hoffte, dass plötzlich ein paar Vögel aufflattern könnten und der Junge vor ihm stand. Er stand am Flussufer und rief den Namen des Jungen, immer wieder. Petja hörte diese Rufe, aber er antwortete nicht.

Niemand konnte sich erklären, warum man die Frau abgeholt hatte:
Ramiel und seine Leute hatten in dem Haus nichts gefunden, nichts, und was hätten sie auch in dem Haus finden können, wozu die Listen, das Register, Zimmer links: ein eisernes Bett, ein kleiner Tisch, Lampe, Kamm, Familienfotos, auf dem Fußboden Klassenarbeiten, Fach: Geschichte, was hatten sie gesucht und was könnte jemand zu verstecken haben und wie könnte jemand in einem Haus wie diesem etwas verstecken, was immer es auch sei?
In den Nächten, nachdem Maria abgeholt worden war, fand die Familie in ihrer Verzweiflung keinen Schlaf:
Isabel und deren Freund Philipp schliefen nicht, Toni schlief nicht und auch Ruth und Mario nicht. Vera, Marias Schwester, schlief nicht, und nicht deren Mann, Pavel, und nicht deren Sohn, Victor, der in dem neuen Hotel arbeitete, und auch Clara, die dritte Schwester, die außerhalb der Stadt wohnte, und deren Mann Richard schliefen nicht.
Sie kamen in diesen Nächten alle zusammen, die ganze Familie saß auf dem betonierten Hof vor Marias und Tonis Haus bis zum frühen Morgen.

Sie versuchten sich zu erklären, was geschehen war, und sie fanden keine Antworten. Sie berichteten einander, was sie gehört hatten, was sich die Leute auf der Straße erzählten. Die Gespräche in diesen ersten Nächten drehten sich im Kreis, manchmal sprachen sie hellaufgeregt und manchmal mit gedämpfter Stimme.

Die Einzigen, die nicht mitredeten, waren Isabels Freund Philipp und ihr Vater Toni. Toni saß dabei, ohne ein einziges Wort zu sagen.

Nachts um zwei kamen Nachbarn vorbei, Tanja und Kryzstof, auf dem Rückweg von der ersten Nachtschicht, und setzten sich für eine halbe Stunde dazu, sie waren fassungslos wie alle anderen, und wieder begann das Gespräch von vorne.

Es war heiß. Die Luft kühlte auch in den Nächten nicht ab.

– Sie können sie nicht festhalten.

– Nächste Woche ist sie wieder da.

– Nächste Woche.

– Es sollen noch andere Leute abgeholt worden sein, am selben Tag, sagte Tanja.

Aber das waren Leute, von denen die Familie noch nie gehört hatte, und vielleicht stimmte es auch gar nicht.

– Eine junge Frau aus der Verwaltung hat sich aufgehängt, sagte Tanja.

– Das eine hat mit dem anderen nichts zu tun, sagte Vera, die Ärztin.

– Das war ein unglückliches Mädchen, das war schon immer ein unglückliches Mädchen, schon als Kind, schon immer.
Die Familie sprach in diesen schlaflosen Nächten viel von früher, von der Zeit, als sie noch zu fünft in einem Zimmer gewohnt hatten. Sie lachten manchmal Tränen, und sie waren verzweifelt, weil sie nicht verstehen konnten, was geschehen war.
Das Geld, das Mario mit der Arbeit am Bahnhof verdiente, hatte damals gerade zum Leben gereicht, oder nicht einmal dazu, wie Ruth sagte. Sie hatten in ständiger Armut gelebt. Trotzdem hatten alle drei Töchter studiert, Maria war Anwältin geworden, sie hatte Prozesse vor Gericht geführt, Vera war Ärztin im Krankenhaus geworden, man nannte sie in der Stadt die Ärztin. Clara hatte Wirtschaft und Sprachen studiert, und jetzt arbeitete sie für die Raffinerie und schrieb Briefe nach Kanada und China.
Außer dem Sohn einer Großtante war weder in Marios noch in Ruths Familie jemals zuvor jemand auf die Universität gegangen, und nun hatten Mario, Bahnarbeiter, Rangierer, Kranführer, und Ruth, heute Hausfrau und früher gelegentlich Verkäuferin, drei studierte Töchter.
Niemand wusste etwas.
Sicher schien nur, dass man Maria in das sogenannte Untersuchungsgefängnis gebracht hatte, das lag vierzig

Kilometer entfernt, aber niemand konnte mit ihr sprechen, so war die Regel, solange die Untersuchung nicht abgeschlossen war:
Kein Kontakt, keine Besuche.
Maria hatte allerdings das Recht, mit einem Anwalt oder einer Anwältin zu reden, doch wie es schien, machte Maria von diesem Recht keinen Gebrauch, denn sonst hätte der Anwalt oder die Anwältin mit der Familie Kontakt aufgenommen. Ruth schüttelte den Kopf.
Sie saßen auf dem betonierten Hof, sie erzählten sich die alten Geschichten von der Zeit, als sie nichts gehabt hatten, nichts, und manche dieser Geschichten wurden in diesen Nächten immer wieder erzählt.
Wie Mario in das Geschäft des Goldschmieds getreten war.
Wie Ruth in das Geschäft des Goldschmieds getreten war, nach dem Unfall.
Die Geschichte von dem Brotkauf.
Die Geschichten von dem grünen Mantel, den sie sich in den kalten Monaten zu fünft teilen mussten. Sie hatten nur den einen Mantel gehabt.
Wie der Mantel eines Tages in Flammen aufgegangen war.
Sie lachten Tränen.
All diese Geschichten kannte Isabel, andere Geschichten aber hörte sie zum ersten Mal. Sie hörte zum ersten Mal den Namen Ramiel.

Maria und der Mann, der sie abgeholt hatte, kannten sich schon seit langer Zeit, seit der Zeit, als beide noch vierzehn oder fünfzehn waren, das hatte Isabel nicht gewusst.

– Hier gibt es nichts zu verstecken, sagte Ruth. Nichts. Hier hat niemand etwas zu verstecken.

Ruth regte sich auf.

Die beiden Schwestern, Vera und Clara, standen später in der Nacht gemeinsam mit Isabel auf der Straße zwischen den beiden Häusern und sprachen leise in Sorge um die alte Frau. Das Herz.

An dem Tag, bevor das Haus durchsucht und sie abgeholt worden war, hatte Maria noch auf dem Hof ein weißes Hemd von Isabels Freund Philipp zerschnitten und daraus sieben weiße Stoffstreifen gemacht. Diese sieben weißen Streifen hatte Maria zusammengeknotet und so aus den Streifen ein Band gemacht, und dann hatte sie dieses weiße Band um die Hüften ihrer Tochter Isabel gelegt.

Sie waren rausgefahren aus der Stadt, tief in die Ebene, an die Stelle, an der der Fluss klar war und für eine kurze Strecke schneller wurde. Diese Stelle nannte man die »Silbernheit«. Der Wagen hatte nach eineinhalb Stunden Fahrt vor ein paar flachen Betonbauten gehalten. Hier wohnten Landarbeiter, sonst niemand. Hier war nichts außer den Feldern, den Betonbauten mit den Wohnungen der Arbeiter, den Ställen und dem Fluss.

Die Mutter und die Tochter und auch der Freund der Tochter, der mit auf die Reise gekommen war, gingen voraus in die Felder neben dem Fluss.

Die Frau, die sie begleitete, Dina, ging mit zweien ihrer Kinder hinter ihnen her.

Sie hatten sich unter einen großen Baum gesetzt, und dann hatten sie mit Dina gesprochen, aber Dina war in diesem Moment nicht mehr Dina, sondern jemand anderes. Sie war ein Mann, der vor vielen hundert Jahren hier in dieser Gegend gelebt hatte. Er hatte hier auf den Feldern gearbeitet. Man hatte ihn hierhergebracht, verschleppt, in Ketten. Der Mann hatte einen Namen, aber man nannte ihn nur den »Alten«.

Es hieß, in seiner Heimat sei der Alte ein heiliger Mann gewesen. Der Alte war hier in den Feldern gestorben, aber sein Geist war nie fortgegangen, er war noch da, und es gab Menschen, aus denen er sprach.

Einer dieser Menschen war Dina, eine kleine, übergewichtige Frau, die älter aussah, als sie war. Dina war Ende dreißig. Sie hatte vier Kinder. Sie arbeitete in der Warenannahme des Großen Speichers. Sie hatte lange, aufwendig lackierte Fingernägel aus Kunststoff, sie trug gerne glitzernde Hemden, sie mochte Pailletten.

Wenn der Geist aus ihr sprach, veränderte sich Dina. Sie krümmte sich zusammen und wiegte sich hin und her. Sie verlor fast ihre Stimme, sie begann, heiser zu murmeln. Ihre Hände zitterten. Es lief ihr der Speichel aus dem Mund. Sie sprach mit geschlossenen Augen, aber es konnte auch geschehen, dass sie die Augen plötzlich weit öffnete, nur für einen Moment.

Der Alte beschützte die Menschen hier. Er konnte Krankheiten heilen. Er konnte Ratschläge geben und verlorene Gegenstände finden. Er konnte in die Zukunft sehen und Unheil abwenden. Manche Menschen wollten Dina Geld dafür geben, um mit dem Geist des Mannes zu sprechen, mit dem Alten, aber das lehnte Dina ab.

Geschenke nahm sie an, auch Essen. Sie lebte in sehr einfachen Verhältnissen.

Philipp hatte nicht gewusst, was geschehen würde, als sie sich unter den Baum setzten. Die Verwandlung der Frau, die gerade noch mit ihren Kindern hinter ihnen durch die Felder gelaufen war, kam für ihn vollkommen überraschend.

Er verstand nicht, was geschah, und er verstand nicht, was der Alte sagte, aber Maria half ihm, sie übersetzte. Sie sagte ihm, dass der Alte ihn begrüßen wolle, er solle ihm die Hand geben. Philipp gab Dina die Hand. Der Alte hielt die Hand fest, er ließ sie lange nicht los, und so saßen sich der Mann und die Frau, aus der der Geist des Toten sprach, Hand in Hand im Schatten des großen Baumes gegenüber.

Die sich hin und her wiegende Frau drückte die Hand des Mannes mit aller Kraft. Sie drückte die Hand mit der Kraft eines Mannes, und dann schlug sie ihm auf die Schulter und sagte etwas, was Philipp wieder nicht verstand. Maria übersetzte:

Alles wird gut werden.

Der Alte war für niemanden leicht zu verstehen, er sprach mit sehr heiserer Stimme, und er sprach eine Sprache aus einer anderen Zeit. Er benutzte Ausdrücke, die man hier nicht mehr kannte. Er nannte den Freund der jungen Frau den »Mann von weit weg«.

Der Alte sagte, was Isabel, die immer noch das Band aus den sieben weißen Stoffstreifen um die Hüften gewickelt trug, als Nächstes damit tun müsse.

Als der Alte ihren Körper wieder verlassen hatte, öffnete Dina die Augen und erinnerte sich an nichts.

Die anderen erzählten ihr, was der Alte gesagt hatte, und sie lächelte oder lachte sogar etwas ungläubig.

Philipp fragte, ob Dina auch selbst mit dem Alten sprechen könne.

Ja, sagte Dina, manchmal spreche der Alte nicht aus ihr heraus, sondern mit ihr selbst, dann höre sie seine Stimme in ihrem Kopf oder in ihren Träumen, manchmal schicke er sie, er gab ihr Aufträge, Befehle, und er konnte sehr sehr zornig werden, wenn sie sich mit diesen Angelegenheiten verspätete, wegen der Kinder, dann schimpfte er auf das »Pferd«, wie er Dina nannte.

Maria nannte er »seine Tochter«, und Isabel nannte er »die Geiß«.

Die letzten Meter durch das hohe Gras musste Isabel allein gehen. Ihr Freund, die Mutter und Dina und die beiden Kinder blieben zurück.

Sie musste zu einem besonders hochgewachsenen Baum gehen.

Ihre Mutter rief ihr zu, was sie dort zu tun habe, denn Maria hatte als Einzige wirklich verstanden, was der

Alte gemurmelt hatte. Isabel tat, was ihre Mutter ihr sagte, und gleichzeitig rief sie ihr zu:

– Das ist das letzte Mal. Das mache ich nie wieder.

Danach liefen sie zurück zu den Stromschnellen, und ein paar hundert Meter weiter von dort flussaufwärts, wo das Wasser noch ruhiger war, musste Isabel in den Fluss steigen und schwimmen, bis die sieben Tücher sich lösten.

Ihr Freund war mit ihr ins Wasser gestiegen, und später schwammen sie alle, auch Dina und die zwei ihrer vier Kinder, die mitgekommen waren. Das Flusswasser war kalt.

Sie schwammen gemeinsam in dem Fluss, und dann lösten sich die sieben Tücher und trieben stromabwärts.

Frankie Weiss hatte früher mit den besten Musikern gespielt, mit den besten Musikern der Stadt und des ganzen Landes. Er hatte die beste Band gehabt, ein ganzes Orchester, vierzig Leute und mehr. Sie waren wochenlang auf Reisen gewesen, sie hatten überall gespielt.
»Frankie und die Boys«, so hatte die erste Band geheißen, und später hießen sie »Frankie und die Pipeliner«, denn in der Gegend wurde Öl gefördert und raffiniert, wenn auch nicht so viel, wie man sich einmal erhofft hatte, als man das Ölfeld entdeckte.
Sein Publikum waren die Ölarbeiter und die Stahlarbeiter gewesen, die einen guten Samstagabend erleben wollten, das waren einfache, hart arbeitende Leute und ihre Familien, die alle Lieder kannten. Fünf Takte, und die Tanzfläche war voll.
Aber dann hatte sich etwas verändert. Der Geschmack der Zeit hatte sich geändert, und er, Frankie Weiss, hatte sich verändert. Es war eine Stimme in ihm verstummt. Es war in ihm etwas zerbrochen, oder er hatte etwas in sich zerbrochen, zerstört.
Er hörte auf, Lieder zu schreiben.
Frankie Weiss war früher einer der hübschesten Jungs der Stadt gewesen, man nannte ihn den schönsten

Mann der Welt, er war Sänger, Tänzer, Instrumentalist. Er spielte Klavier und Trompete und Saxophon und Gitarre. Frankie Weiss war ein Künstlername. Für die Leute hieß er immer noch so. Sein wahrer Name war ein anderer Name, ein hugenottischer Name, aber diesen Namen kannte niemand, Frankie Weiss selbst hatte diesen Namen fast vergessen.

Nach dem Ende der »Pipeliner« war Frankie mit den Jahren fett geworden, sein Gesicht war langsam aufgequollen. Er wog siebzig Kilo mehr als früher, das war das Doppelte seines früheren Gewichts. Er wohnte in einem sehr einfachen Haus in der »Pfütze«, zwei Zimmer, Küche, Bad.

Die einzigen Dinge, die er aus seiner Zeit des Erfolges behalten hatte, waren seine Haushälterin, Anna, eine alkoholkranke Putzfrau, und ein Klavier.

Frankie hatte seit Jahren kein Lied mehr geschrieben, aber jetzt, als die ganze Stadt davon sprach, setzte er sich plötzlich eines Morgens hin und schrieb ein Lied über eine Stadt, die auf dem Meer schwamm.

Das Lied hieß »Die weiße Stadt«.

Er arbeitete an dem Lied am Klavier, Akkord für Akkord, Zeile für Zeile:

Wir saßen am Wasser,
und eine Stadt schwamm vorbei,
weißt du noch?

Anna hörte ihn spielen, zum ersten Mal nach mehr

als dreißig Jahren, sie kam aus der Küche, und draußen vor Frankies Haus blieben die Leute auf der Straße stehen.

Anna war die Frau, die zusammen mit Lucia und Ramiels Frau den streunenden Hund erschlagen hatte.

Irina verbrachte die Nächte bei dem kranken Jungen. Manchmal nickte sie für zehn oder fünfzehn Minuten ein und schreckte dann aus Angstträumen auf, die von der Wirklichkeit nicht zu unterscheiden waren. Sie wachte auf und fühlte die Stirn und die Wangen des Jungen, und der Junge fühlte sich kalt an. Sie dachte zuerst, das Fieber sei gesunken, aber dann begriff sie, dass das Kind tot war, obwohl der Junge vor wenigen Minuten noch im Schlaf gesprochen hatte, die Stimme des Jungen im Schlaf hatte sie geweckt, und dann sprang der Traum zurück, sie hörte den Jungen im Schlaf sprechen, sie wachte auf, sie fühlte die Stirn des Jungen, sie dachte, das Fieber sei gesunken, bis sie begriff, dass der Junge tot war, obwohl er gerade noch im Schlaf gesprochen hatte, und sie schrie, bis Ramiel sie weckte. Der Junge lag neben ihr, fiebrig atmend.

Ihre Mutter war so wie immer gewesen, sie hatte nicht aufgehört zu reden, sie hatte darauf bestanden, dass Isabel sich das Band aus den sieben weißen Streifen um die Hüften legen ließ, und sie hatte darauf bestanden, dass sie zusammen zu den Stromschnellen fuhren, denn so hatte es der Alte verlangt, schon vor Isabels Ankunft.
Alles war so, wie es immer gewesen war.
Isabel hatte ihre Mutter seit neun Jahren nicht gesehen. Sie liebte ihre Mutter, und gleichzeitig ertrug sie sie nicht.
Es war nicht einfach, das Kind dieser Frau zu sein, denn wenn für die anderen Kinder die Schule vorbei war, gingen für Isabel, damals noch ein Mädchen, die Geschichten aus dem Unterricht noch weiter. Die Lehrerin und ihre Tochter gingen Hand in Hand von der Schule nach Hause, sie durchquerten ihr Viertel, die »Zwiebelschüssel«, und Maria erzählte und erzählte, sie hörte nicht auf.
Maria erzählte von den Königen David und Salomon und Friedrich, dem Zweiten, von Voltaire und von Admiral Nelson und Marie Curie und Mahatma Gandhi und Galileo Galilei, sie erzählte von den großen Entdeckern und Forschern Magellan und Alexander von Humboldt

und von Denis Diderot, dem Erfinder des Lexikons, und wie Alexander Graham Bell dem Italiener Antonio Meucci die Erfindung des Telefons stahl, sie sprach über Gerechtigkeit und Ungerechtigkeit, und sie sprach oft über die Vergangenheit der Stadt, in der sie lebten.
Die Geschichte von dem Kino erzählte sie gerne, und die Geschichte von dem Mann, den man »den Riesen« nannte, und wie er einmal fast an einem Messerstich gestorben war, das war in der Nacht gewesen, als man das Kino geschlossen hatte, das »Tornado«.
Vor allem aber hörte sie nicht auf, ihrer Tochter von dem Mann zu erzählen, der hier einmal auf den Feldern gelebt hatte und der nun der Schutzpatron aller sei, und von Katharine von Aragon, Königin von Kastilien und Galizien und von Vadim von Reval und Riga, die sich liebten und dennoch kein Paar wurden. Wie Vadim von Reval und Riga damals in der Morgensonne mit seinen vierzig Reitern durch das Stadttor von Aragon geritten war, wie die Fahnen von Reval und Riga im Morgenwind geflattert hatten, wie Katharine den Zug der Reiter vor ihrem Palast erwartete und wie dann Vadim dort auf den Stufen vor dem Palast vor Katharine auf die Knie fiel und sie bat, seine Frau zu werden, und wie Katharine von Aragon dann gesagt hatte, sie und Vadim könnten niemals Mann und Frau werden, denn sie waren sich zu ähnlich und zu verschieden, und wie dann Vadim in seinem Schmerz Wildnis und Wüsten und Meere durch-

quert hatte, weshalb man ihn auch den König der neunzigtausend Meilen nannte, und dann, als Maria und Isabel schon zu Hause waren und das Mädchen hinüber zu ihren Freundinnen laufen wollte, sagte die Mutter, setz dich doch noch zu mir und iss was, und dann sprach sie über Freiheit und Willkür.

Niemand kannte die Geschichten ihrer Mutter besser als Isabel, sie wusste, dass ihre Mutter die Geschichten veränderte, der Verlauf der Geschichten war mal so und mal so, und als sie ihre Mutter darauf ansprach, sagte die Mutter, das ist nicht wichtig. Die Geschichte ändert sich jeden Tag.

Der einzige Mensch, dem Maria keine Geschichten erzählte, niemals, war ihr Mann, Toni.

Nachdem Isabel begriffen hatte, dass die Geschichten ihrer Mutter nicht unbedingt wahr waren, sich aber oft die Dringlichkeit von Wahrheiten gaben, hatte sie im Laufe der Jahre Methoden entwickelt, um sich diesen langen Vorträgen zu entziehen. Sie erfand Müdigkeit oder wichtige Erledigungen.

Als Isabel sechzehn war, bekam sie ein Stipendium und ging von zu Hause weg. Erst verließ sie die Stadt, und später verließ sie das Land. Sie kam erst neun Jahre später wieder, mit ihrem Freund, der beinahe doppelt so alt war wie sie selbst.

Ihre Mutter hatte sie lange in ihren Armen gehalten, als sie sich wiedersahen, nach so langer Zeit.

Sie hatten, nachdem Isabel und Philipp nach der viertägigen Reise endlich angekommen waren, lange auf dem betonierten Hof vor dem Haus gestanden, Mutter und Tochter eng umarmt, beide hatten geweint, während Toni und Philipp dabeistanden.
Der Hund hatte Isabel erkannt, nach all den Jahren, er hatte gejault und war an ihr hochgesprungen. Dann hatte sich Maria an den Mann gewandt, der mit ihrer Tochter gekommen war.
– Angeblich ist Vadim von Reval und Riga einst auf seinem Weg durch die Wildnis der Welt durch diese Stadt gekommen, was unmöglich sein kann, aber in dieser Stadt wird nichts vergessen. Die Erinnerung ist ihr Stolz, hatte sie gesagt, und in diesem Augenblick wusste Isabel, dass sich hier in den vergangenen Jahren nichts verändert hatte.
– Da bist du ja, sagte ihr Vater.
– Du hast zugenommen, sagte Isabel.
Und dann waren alle zu dem Haus der Großeltern auf der anderen Straßenseite hinübergegangen, und alle hatten in dem kleinen Wohnzimmer aufgeregt durcheinandergeredet, Isabels Mutter Maria und Isabels Großmutter Ruth und Mario, der Großvater, und Victor, Isabels Cousin, der in dem neuen Hotel arbeitete, und dann war eine der zwei Schwestern ihrer Mutter gekommen, Vera, die Ärztin, sie brachte ihren Mann mit, Pavel, der hatte eine kleine Baufirma, und dann kamen auch

Marias jüngste Schwester Clara und ihr Mann Richard, genannt Ricki, und ihr vierjähriger Sohn, Michael, während der Fernseher in dem Wohnzimmer immer weiterlief, denn es wurde gerade ein wichtiges Spiel übertragen.

Philipp versuchte in dem Durcheinander der vielen Stimmen dem Großvater zuzuhören, der ihm etwas erklärte, doch der Großvater sprach sehr leise, und er hatte eine heisere Stimme, er war kaum zu verstehen. Er sprach über die Spurbreiten verschiedener Eisenbahnsysteme.

Man unterscheidet zwischen der Breitspur, der Regelspur, der Meterspur und den Schmalspuren, und Mario kannte die Spurbreiten der Eisenbahnen aller Länder der Welt.

Philipp verstand lange nicht, worum es überhaupt ging. Er verstand nur einige Namen und Maßangaben in Millimetern und in anderen Einheiten.

1676 Millimeter – das sind 5½ Fuß – hat die indische Breitspur, zu finden in Indien, Pakistan und Bangladesh, aber auch in Chile und Argentinien, während die iberische Spurbreite 1668 Millimeter hat, das ist eine Mischung – hier lachte der alte Eisenbahnarbeiter auf – aus der spanischen Spurweite mit 1672 Millimetern oder 6 kastilianischen Fuß und der portugiesischen Spurweite mit 1665 Millimetern oder 5 portugiesischen Fuß.

– Wie das sein könne, was das gewesen sei, diese Stadt, die Stadt auf dem Meer, ein Schiff, sagten manche, viele, das war nichts anderes als ein Schiff, so große Schiffe werden heute gebaut, tatsächlich –

– Nein, sagten andere, ein Schiff kann das nicht gewesen sein, zu groß, zu gewaltig, turmhoch und strahlend –

– Wieso strahlend, das war ein schwarzes, verrußtes, öliges Ding, verrostet –

– Weiß, strahlend weiß auf dem Wasser –

– Und was soll es sonst gewesen sein als ein Schiff?

– Das, was es war: eine Stadt.

– Ein Luftbild.

– Ein Luftbild?

– Eine Fata Morgana.

– Natürlich, was sonst!

Spöttisches Lachen.

– Ein schwimmende Fata Morgana! Natürlich!

Friseursalon »Victoria«, Anwesende an diesem Vormittag:

Ugo, der Friseur, Wladimir, Bootsbesitzer und Gelegenheitsfischer, Hilda, Sekretärin im Großen Speicher, regelmäßige Kundin des Salon »Victoria«, und Hans.

Hilda wollte so aussehen wie Rita Hayworth in »Die Lady von Shanghai«. Hans besaß ein Pferd und einen Wagen, auf dem bis zu zehn Leuten mitfahren konnten, oder auch zwölf, wenn sich zwei Fahrgäste zu ihm auf den Kutschbock setzten. Der Wagen hatte schon seinem Vater gehört. Bestimmte Einzelteile des Wagens, behauptete Hans, hatten sogar schon seinem Großvater gehört, die Deichsel zum Beispiel. Sie waren eine Familie von Fuhrleuten, das waren sie schon immer gewesen, sagte sein Vater, der den Wagen vierzig Jahre lang gefahren hatte, schon immer. Fuhrleute kommen herum. Fuhrleute kennen ihre Stadt. Fuhrleute wissen viel.
Manchmal ließen sich Leute von Hans ans Meer fahren, vor allem Familien mit Kindern.
An dem vergangenen Sonntag hatte Hans, Pferdekutscher in der dritten Generation, am frühen Morgen ein Paar ans Wasser gefahren, eine junge Frau und einen Mann, der nicht von hier war. Er hatte das Paar am Wasser abgesetzt und war schon auf dem Rückweg in die Stadt gewesen, als er plötzlich beschlossen hatte, umzudrehen. Hans fuhr mit dem Wagen ein Stück auf der Küstenstraße entlang, und irgendwann hielt er an und sah aufs Meer. Es war ein heißer, sonniger Tag. Hans kannte Tage wie diese, bald würde sich der Himmel zuziehen, bald würde es einen Wolkenbruch geben. Er hatte oben auf dem Wagen gesessen, mit den Zügeln in der Hand.

Es war sehr still. Niemand war unterwegs, keine Autos, keine Busse, niemand. Und dann hatte er in der Ferne auf dem Meer etwas kommen sehen, etwas sehr Großes, Schwarzes, und je näher dieses Schwarz gekommen sei, desto näher sei auch das Gewitter gekommen.

Petja war an dem Morgen, nachdem er von der Brücke in den Fluss gesprungen war, bei Sonnenaufgang aufgewacht, als die Vögel in dem Dickicht anfingen zu kreischen.
Er hatte Hunger und Durst. Er kroch durch das Gestrüpp auf der Suche nach Früchten oder Beeren, aber er fand keine. Er aß Blätter und Erde, er trank aus Pfützen. Später stieß er inmitten des Dickichts auf einen kleinen See. Das Wasser des Sees war dunkelgrün.
Hier bei dem See blieb der Junge den Tag über. Das Seewasser schmeckte bitter, es schmeckte nach Eisen. Er stieg in die niedrig gewachsenen Bäume und saugte kleine Vogeleier aus. Von einem der Bäume aus sah er, dass man nicht weit entfernt mitten in dem Dickicht eine Fläche gerodet und dort ein Feld angelegt hatte. Inmitten der hochgewachsenen Pflanzen auf dem Feld sah er das Dach einer Hütte. Er sah keine Menschen. Hoch über ihm stand die Sonne.
Am Nachmittag schwamm er in dem See. Er tauchte in dem dunkelgrünen Wasser, er meinte zu spüren, dass ihn Fische berührten, aber er konnte keine Fische sehen.
Als es dunkel wurde, begann das Wasser des Sees zu

leuchten. Der Junge saß am Rand des Sees und blickte in das Grün. So blieb er die gesamte Nacht sitzen, ohne zu schlafen. Er glaubte, Schlangen in dem leuchtenden Wasser sehen zu können, aber vielleicht waren das auch Pflanzen.

Am späten Vormittag des nächsten Morgens zog sich der Himmel zu. Petja wusste, wie gefährlich die Gewitter in der Ebene waren. Er machte sich auf den Weg zu der Hütte, die er von dem Baum aus gesehen hatte. Als er sie schließlich erreicht hatte, legte er sich in einer Ecke der Hütte auf etwas Stroh und schlief dann so tief, dass er das schwere Gewitter, das kurz darauf über der Ebene hereinbrach, nicht einmal hörte. Er wachte auf, weil ihn im Schlaf etwas berührte. Petja dachte, es sei ein Tier, das ihn berührte, aber es war eine junge Frau. Er schreckte hoch und rannte hinaus in den Regen.

Er versuchte, zurück zu dem See zu finden, was ihm über Stunden nicht gelang, denn es war fast unmöglich, sich in dem Dickicht und in dem Regen zu orientieren. Als er den See schließlich wiederfand, wurde es bereits wieder dunkel, aber in dieser Nacht leuchtete der See nicht, er lag schwarz und still vor ihm.

Die Stadt hatte nur einen Friedhof. Es war ein großer Friedhof, eine Wüste aus früher einmal weißen Steinen, die im Regen grau geworden waren. Gegenüber dem Friedhof lag ein Restaurant. Das Restaurant trug den Namen »Cinecittà«, aber der Mann, der vor ein paar Jahren das Restaurant übernommen hatte, wusste nicht, was der Name bedeutete.

Es war der Tag der Beerdigung der jungen Frau, die sich in ihrem Büro erhängt hatte. Die Familie, die Angehörigen, die Freunde, die die junge Frau zu Grabe getragen hatten, saßen an einigen zusammengeschobenen Tischen in dem in Weiß und Blau gestrichenen Restaurant. An den Wänden hingen Fotos von bekannten Filmszenen. Draußen regnete es. Man aß und trank beinahe schweigend, die Eltern, die Geschwister, Großeltern, Cousins und Cousinen, Onkel und Tanten. Die Ärztin hatte man eingeladen. Sie hatte gesagt, ja, ich komme, aber ich kann nicht lange bleiben, ich habe Dienst.

Jetzt aß die Familie schweigend, oder beinahe schweigend, und manchmal sah jemand die Ärztin an, als ob sie eine Antwort hätte, aber niemand fragte etwas. Niemand sprach, und auch die Ärztin sagte nichts. Sie dachte daran, wie das tote Mädchen an dem Strick gehangen hatte. Sie dachte an die Füße in der Luft, einen halben Meter über dem Boden.

Wenige Tage, bevor sie sich erhängt hatte, war die junge Frau noch einmal im Krankenhaus bei der Ärztin gewesen.

– Ich war als Kind schon mal hier.

– Ich weiß noch. Die Ärztin versuchte zu lächeln. Wie geht es Ihnen?

– Ich arbeite in der Verwaltung.

– Was heißt das?

– Ich arbeite an einem Schreibtisch. Ich komme morgens um neun, und ich gehe um halb fünf.

Als der Winter kam und Schnee auf die Schultern des Königs Vadim von Reval und Riga fiel, der seit vielen Monaten einsam durch die Wildnis zog, nähte er sich einen Mantel aus Moos, aber trotzdem drohte Vadim zu erfrieren, denn es kam ein Schneesturm auf.
Vadim kroch unter die Wurzeln einer Eiche, und dort blieb er viele Tage und Nächte, Wochen, bis der heulende Schneesturm vorüber war.
Dort im Erdreich unter den Wurzeln der Eiche lernte Vadim die Sprache der Ameisen und die Sprache der Wurzeln, und er lernte die Sprache des Frostes und des Eises.
In der Kälte steht alles still, aber die Ameisen, die im klirrenden Frost des Winters zu Reglosigkeit erstarren, jedoch nicht sterben, erzählen einander vom Frühling, der eines Tages kommen werde, sie erzählen einander vom Mond und von der Sommersonne, und so lernte der König von Reval und Riga ihre Sprache.
Die Baumwurzeln sprachen von Dunkelheit und von Blindheit. Die Wurzeln der Eiche hörten nicht auf, sich zu fragen, warum am Ende des Herbstes die hellen Stimmen der Blätter über ihnen verstummen. Sie verstanden nicht, was dort oben über der Erde geschah,

und das Schweigen der Blätter im Winter erfüllte die Wurzeln des Baumes mit Angst, und deshalb gruben sie sich immer tiefer und tiefer in die Erde.
Der Frost und das Eis, deren Sprache der König Vadim in jener Zeit unter dem Baum zu verstehen lernte, redeten von nichts anderem als von der Vergänglichkeit, sie sprachen von Eisblumen und von Raureif und vom Zerrinnen des Eises in der Sonne, sie sprachen von Träumen und deren Vergeblichkeit.

Jemand kam zu Irina und sagte, eine Frau habe den fieberkranken Jungen auf der Brücke gesehen. Der Junge habe einen Reifen oder eine Felge mit einem Stock vor sich hergetrieben. Das sei während des großen Gewitters gewesen, am Sonntag. An dem Tag des großen Gewitters hatten die Frauen den Hund erschlagen.
Irina fing an zu weinen. Die Leute in der Stadt glaubten, dass der Junge sterben werde. Man sprach von weinenden Spiegeln, und Spiegel weinten nur, wenn Kinder sterben. Die Leute in der Stadt glaubten, Ramiels erster Sohn sei ertrunken. Es hieß, Ramiel und seine Familie seien verflucht.
Irina saß am Bett des kranken Jungen und hielt seine Hand. So verbrachte sie Stunden an seiner Seite, Tage und Nächte. Sie strich über den fiebrigen Kopf des Jungen, der zwischen Leben und Tod schwebte und der sie manchmal wie aus weiter Ferne mit glasigen Augen ansah. Sie legte sich neben das Kind und spürte seinen Atem. Sie senkte das Fieber mit kalten Wickeln, aber das Fieber stieg so schnell wieder in die Höhe, wie es gefallen war. Einmal war Irina kurz in die Küche gegangen, und als sie zurückkam, war das Bett des Jungen leer.

Sie fand den Jungen vor dem Haus auf der Straße. Sie trug ihn zurück ins Haus.

– Wo ist der Hund?, fragte der Junge im Fieber.

– Der Hund schläft, sagte sie, und der Junge lächelte.

Es warteten an diesem Nachmittag sehr viele Menschen in dem Flur vor den Dienstzimmern der Ärzte im Krankenhaus. Alle Metallstühle, die man in dem Flur aufgestellt hatte, waren besetzt.

Anna, die zusammen mit Irina und Lucia an dem Tag des großen Gewitters den Hund erschlagen hatte, fragte, wer als Letzter vor ihr gekommen war – das war eine Frau mit einem kranken Kind. Anna lehnte sich an eine der grün und weiß gestrichenen Wände. Sie wartete drei Stunden, bis sie an die Reihe kam. Draußen war es inzwischen dunkel geworden. Sie betrat das Behandlungszimmer. Die diensthabende Ärztin war Vera.

Anna hatte Beschwerden in der Brust und im Rücken. Sie sagte, sie habe Gewicht verloren.

– Wiegen Sie sich regelmäßig? Haben Sie eine zuverlässige Waage?

Anna hatte keine Waage, aber in der Markthalle gab es eine.

– Das muss nichts bedeuten, sagte Vera, obwohl sie ahnte, dass das nicht so war, und als sie Anna mit dem Stethoskop abhörte, wusste sie, dass etwas nicht in Ordnung war, ohne dass sie hätte sagen können, was es war.

Einatmen.
Ausatmen.
Und wieder einatmen.
Und wieder ausatmen.
Vera war Ärztin, und sie hatte so etwas wie das zweite Gesicht. Sie konnte die Zukunft in dem Herzschlag eines Menschen hören, und auch die Vergangenheit.
– Und wie geht es dem schönen Frankie Weiss?, fragte die Ärztin, nachdem sie Anna untersucht hatte.
– Immer noch der schönste Mann der Welt. Blick auf das Schaubild an der Wand: die Organe des Menschen.
– Er hat ein Lied geschrieben.
– Nicht zu dick?
– Frankie? Geschmackssache.
– Heute schon was getrunken?
– Aber selbstverständlich.

Es kamen, fast immer erst nach Einbruch der Dunkelheit, Leute zu dem Haus der Lehrerin, die etwas zu erzählen hatten. Manche dieser Leute hofften auf ein Trinkgeld, und andere machten kein Hehl daraus, dass sie etwas verkaufen wollten: Wissen, Einzelheiten.
Es kam ein Mann in der Dunkelheit, der hatte mit einer Frau gesprochen, die in dem Gefängnis, in das man Maria gebracht hatte, als Köchin arbeitete.
Der Mann legte sein Fahrrad auf den Grasstreifen am Rand der nicht fertigen Straße und blieb draußen vor dem Tor des Hauses stehen, denn der Hund war nicht an der Kette.
Der Mann sagte Isabel, die Köchin habe Maria gesehen und die Köchin habe gesagt, es gehe Maria gut, aber sie brauche bestimmte Dinge, Seife und frische Sachen, die Köchin könne ihr helfen, sie könne ihr etwas zustecken, Brot, vielleicht, aber das müsse sie vorher kaufen, und deshalb brauche sie Geld.
Isabel war ins Haus gegangen und hatte das Geld und die Seife und die frischen Sachen geholt.
– Woher weiß ich, ob das alles stimmt?, fragte sie, während sie dem Mann die Geldscheine und die Sachen gab.

Der Mann am Tor machte eine Geste, er verzog den Mund, er zuckte mit den Schultern.

– Ich gehöre nicht zu den Leuten, die denen, die Hilfe brauchen, etwas wegnehmen.

Er war mit einem alten Fahrrad gekommen. Er klemmte sich die zu einem Bündel zusammengewickelte Tüte unter den Arm und fuhr auf der unebenen Staubstraße davon. Er sang:

O Mädchen aus dem Süden,
mein Mädchen verloren,
Mädchen aus dem Süden.

Mario war Eisenbahner, und Ruth war Hausfrau, aber ihre drei Töchter hatten studiert.
Maria, die Älteste, hatte Jura studiert, Vera Medizin, und Clara, die Jüngste, hatte Sprachen und Wirtschaft studiert. Sie sprach Englisch, Deutsch, Spanisch, Französisch, Italienisch, und sie verstand genug Arabisch, Russisch und Chinesisch, um guten Tag zu sagen, sehr geehrter Herr oder Frau Soundso, I hope this finds you well, ich hoffe, es geht Ihnen gut, spero che si sente bene, ich erlaube mir, in diesem Schreiben auf die Angelegenheit vom soundsovielten des vorangegangenen Monats zurückzukommen, und im Auftrag der Geschäftsführung würde ich gerne zum Ausdruck bringen –
Während Marias letztem Studienjahr waren alle drei Schwestern gleichzeitig an der Universität gewesen.
Die Studenten des Rechts und der Literatur trugen grundsätzlich schwarz. Sie diskutierten nächtelang über die Grundsätze des Rechts und des menschlichen Zusammenlebens.
Die Studenten der Medizin arbeiteten während des Studiums schon in den Krankenhäusern der Universitätsstadt.
Die Studenten der Sprachen und der Wirtschaft lern-

ten Tag und Nacht, das zu bewältigende Pensum war enorm.

Die drei Schwestern lebten in demselben Studentenheim. Maria hatte in ihrer Kindheit und Jugend nicht so viel mit der über vier Jahre jüngeren Clara zu tun gehabt. Dann, an der Universität, hatte Maria ihre kleine Schwester zum ersten Mal als junge Frau wahrgenommen. Es dauerte nicht länger als drei Abende, bis Maria klar war, dass Clara die Krankheit ihres Vaters geerbt hatte, sie trank. Alle tranken, aber Clara trank in der Weise, wie es Maria noch von früher von ihrem Vater kannte, bevor er damit von einem Tag auf den anderen aufgehört hatte.

Mario war in Marias früher Jugend oft so betrunken gewesen, dass er nur noch kriechen konnte, und das hatte sie seitdem erst wieder bei Clara gesehen.

– Wie geht es Clara, sie ruft kaum an, oder wenn sie anruft, ist es mitten in der Nacht, sagte damals ihre Mutter Ruth zu Maria.

– Es geht ihr gut, sie kann dir auf Chinesisch guten Tag sagen, und sie weiß, wer Adam Smith ist. Max Weber. Karl Marx.

Als Clara nach dem Abschluss ihres Studiums zurück nach Hause kam, war sie vollständig erschöpft. Sie zitterte, aber sie trank nicht. Ruth kannte den Zustand von Mario, früher, aber sie sagte, das Kind habe die chinesische Grippe. Sie kochte Brühe.

Etwas später ging es Clara besser, sie begann Bewerbungsschreiben abzuschicken und bekam schnell eine Stelle. Sie zog in ein Dorf in der Nähe der Raffinerie. Manchmal musste sie am Bahnhof Frachtpapiere unterschreiben, und dann sah sie nach ihrem Vater. Sie lief mit den gelben und roten Durchschlägen in der Hand die Gleise entlang, bis sie ihren Vater auf einem der Kräne entdeckte.

– Heyheyhey, rief der alte Mann. Er freute sich, und sie freute sich auch. Sie liebten sich sehr.

Wenn die Kanadier große Teile für die Raffinerie schickten, Turbinen, oder Teile von Turbinen, Rohre, verpackten sie sie in zwei mal zwei mal drei Meter großen Kisten. Diese Kisten waren aus schwerem Sperrholz. Die Männer in der Raffinerie holten die Teile aus den Kisten und verkauften die großen leeren Holzkisten weiter. Toni machte aus dem Holz dieser Kisten Tische, Stühle und Schränke. Er hatte weder eine Kreissäge noch eine Stichsäge, er arbeitete mit einem Fuchsschwanz. Eine Werkbank mit einer Kreissäge wäre zu teuer gewesen, und der Motor der Stichsäge, die er einmal gehabt hatte, war schon vor Jahren verschmort. Er hatte den Motor auseinandergenommen, und danach hatte er ihn so gut es ging wieder zusammengesetzt, aber der Motor war hin, durchgebrannt. Er hatte eine zweite Stichsäge gekauft, diese Säge war so schlecht, dass schon die Verkäuferin in dem Geschäft davon abriet, sie zu kaufen, aber er kaufte sie trotzdem. Diese Säge hielt keine vier Tage. Seitdem arbeitete er mit dem Fuchsschwanz, und da er keine Werkbank hatte, stand sein Bruder Freddi neben ihm und hielt die Bretter, während Toni sie zuschnitt. Freddi arbeitete als Gelegenheitsarbeiter in einer Fabrik und manchmal auf dem Schlachthof, aber er bezeich-

nete sich als Metaller, denn vor langer Zeit hatten er und sein älterer Bruder im Stahlwerk gearbeitet.
– Du brauchst eine elektrische Säge.
– Gib mir eine.
– Ich habe keine.
– Ich auch nicht.
Wenn die Kanadier längere Zeit keine großen Lieferungen schickten, wurde in der Stadt das Holz schnell knapp und zu teuer, denn das Holz aus dem Dickicht der Ebene war kaum zu verarbeiten.
Toni brauchte Holz, er brauchte Baumaterial, denn ohne Holz, ohne Material konnte er sich nicht ablenken. Wenn er nicht arbeitete, meinte er, verrückt zu werden.
Toni vermisste seine Frau Maria so sehr, dass es nicht auszuhalten war, aber er konnte nicht darüber reden, mit niemandem, auch nicht mit seiner Tochter, die nach so vielen Jahren wieder da war.
Die einzige Person, mit der er darüber hätte reden können, wäre Maria gewesen, aber man ließ niemanden mit ihr sprechen.
Wenn die Familie nachts vor dem Haus saß und sich die alten Geschichten aus der armen Zeit wieder und wieder erzählte, sagte Toni kein einziges Wort.
– Sitz nicht da wie ein Toter, er sitzt da wie ein Toter, sagte Ruth, seine Schwiegermutter, die ihn nicht mochte und nie besonders gemocht hatte.

Toni konnte nicht reden wie die anderen. Das Einzige, was Toni davon abhielt, in seinem Schmerz verrückt zu werden, war Arbeit, weiterzuarbeiten, immer weiterzumachen, weitermachen weitermachen, so wie immer, als wäre nichts geschehen.

Immer wieder lief Ramiel das Flussufer ab. Er rief den Namen des Jungen. Er stand am Wasser und wartete auf eine Antwort, aber der Junge antwortete nicht. Ramiel kroch durch das Dickicht.

– Hier werden eines Tages Häuser stehen, hatte Ramiel damals zu Maria gesagt, als sie in der Dunkelheit nach dem Sprung von der Brücke den Fluss hinuntertrieben.

– Hier wird es Straßen geben, hatten sie gesagt, Hotels, Bars, Geschäfte, die Flussmündung wird sich in einen Hafen verwandeln, und von diesem Hafen aus werden Schiffe stromaufwärts fahren und in die ganze Welt.

Er hatte daran geglaubt. Maria hatte daran geglaubt. Aber hier war nichts entstanden, nach all den Jahren war hier alles immer noch so, wie es damals gewesen war.

Ramiel lief weiter das Flussufer ab, er suchte den Jungen und fand ihn nicht.

Man trug das alte Hotel ab. Sprengen oder abreißen konnte man das große Gebäude nicht, weil die Häuser neben dem Hotel zu dicht standen, das Viertel war zu nah an das Hotel herangewachsen.
Das alte Hotel stand seit Jahren leer. Es war ein langgestrecktes und doch schmales Haus, ein besonderer Bau aus einer anderen Zeit.
»Frankie und die Boys« hatten ganz früher einmal in dem alten Hotel gespielt, da hießen sie noch »Frankie und die Boys« und nicht »Frankie und die Pipeliner«.
Der Name des Hotels war »Savoy«. Das »Savoy« musste zumachen. Zu viele der Zimmer standen jede Nacht leer, es kamen nicht so viele Menschen in die Stadt. Nach der Schließung des Hotels machte man aus dem Gebäude ein Krankenhaus, aber dann deckte ein Sturm das Dach des Hauses ab, und das war das Ende des Krankenhauses. Seit dem Sturm stand das große Haus leer.
Nachts kamen manchmal Leute her, das waren meistens Wanderarbeiter auf der Durchreise, die sonst im Freien schliefen, am Fuß der Brücke, aber dort wurden sie oft von der Polizei aufgegriffen und vertrieben.
Das Haus ohne Dach begann im Lauf der Jahre zu verfallen. Der Regen lief durch die sechs Stockwerke, die

Wände und Böden sogen sich voll Wasser, und dann arbeitete dort das Wasser, die Eisenträger in den Böden und Wänden und Decken fingen an zu rosten, und das oxidierte Metall sprengte mit der Zeit den Zement, es entstanden Risse, Spalten, aufgeborstene Böden, und aus diesen Spalten spross Gras, Korn, es schossen Triebe aus den Mauern, es wuchsen Büsche und Bäume in dem großen Haus ohne Dach. In den Pfützen, die in dem mit den Jahren einsturzgefährdeten Gebäude standen, legten Mücken ihre Eier, ungestört, denn hier in der Ruine endete die Nahrungskette, hier gab es keine Fische, keine Frösche, kaum Vögel.

Man nannte das alte Hotel einen Brennpunkt, es galt als Brutkasten für das Fieber, von dem es hieß, dass es von den Mücken übertragen wurde.

Im Lauf der Jahre war um das alte Hotel eine Siedlung entstanden, im Schatten des großen Hauses wohnten viele Menschen auf sehr engem Raum. Diese Gegend nannte man wie das Hotel: Wer hier wohnte, wohnte im »Savoy«. In dieser Siedlung kam es besonders oft zu Fieberfällen. Wann immer jemand an dem Fieber erkrankte, meldeten dies die Ärzte der Aufsicht für Gesundheit, dem »Fieberbüro«.

Die Männer, die dann kamen und mit Atemmasken die Wohnungen und Häuser der Fieberkranken ausräucherten, dreimal an drei Tagen in Folge, deuteten immer auf die Ruine.

– Das kommt von da.

Das Gebäude musste weg, aber man konnte es nicht sprengen, denn die anderen Häuser standen zu nah. Deshalb hatte man begonnen, das Gebäude abzutragen, Stück für Stück, Stein für Stein. Diese Arbeit war gefährlich, und sie ging nur sehr langsam voran. Das frühere Hotel Savoy bestand jetzt zu einem Viertel nur noch aus einem Gerippe aus rostigen Eisenträgern, aber der Rest des Hauses stand noch, in den oberen Stockwerken ohne Außenmauern, die früheren Hotelzimmer waren offene Höhlen, eine neben der anderen.

Der einzige Ort, an dem Toni Bauholz finden konnte, war die Ruine des alten Hotels, das langsam abgetragen wurde. Das Stehlen von Baumaterialien aus dem Abrisshaus war gefährlich, und es stand unter Strafe, denn das alte Hotel gehörte der Stadt.

Toni und sein Bruder Freddi liefen nachts mit einer Lampe durch die Ruine des alten Hotels, sie waren auf der Suche nach Material. Sie suchten Ziegel, Rohre, vor allem suchten sie Holz: alte Türen, Fensterläden.

Sie trugen Bauarbeiterhelme. Niemand wusste, wie lange das Haus noch stehen würde. Hier übernachteten Leute, aber das Haus konnte jederzeit einstürzen. Es war gefährlich, in das Haus zu gehen.

Die Böden hatten Löcher, es gab Türen und Treppen, die ins Nichts führten.

Je höher die beiden Brüder stiegen, desto gefährlicher

wurde es, aber in den unteren Stockwerken hatten andere Leute – und sie selbst – schon alles mitgenommen, was man mitnehmen konnte.
Sie stiegen die kaputten Treppen hoch bis zum obersten Stockwerk, das war das Stockwerk ohne Dach. Über ihnen standen die Sterne. Hier oben stand noch ein langer Flur, eine Flucht von Zimmern an der Abrisskante, die Außenmauer war schon weg. Manche der Zimmer hatten noch Türen, das waren große Flügeltüren aus Holz, Türen aus einer anderen Zeit.
Der Mann und sein Bruder hoben zwei dieser Türen aus den Angeln. Die Türen waren schwer. Eine der Türen trug die Zimmernummer 523. Die beiden Männer standen in einem Zimmer ohne Außenmauern und blickten auf die Lichter der Stadt unter ihnen.
Der Strom fiel aus.
Da, wo gerade noch die Stadt gewesen war, war nur noch Dunkel.

Sie saßen vor dem Haus wie jede Nacht. Der Strom war ausgefallen. Es brannten Kerzen.

Der Einzige, der mit Philipp regelmäßig sprach, war der Großvater, Mario. Philipp wusste, dass der Großvater schwer krank war, und er wusste, dass der alte Mann nicht wusste, was er hatte, weil die Familie beschlossen hatte, die Krankheit vor ihm geheim zu halten.

Wann immer sie sich sahen, nahm der alte Mann den Freund seiner Enkelin beiseite und begann auf ihn einzureden. Mario war kaum zu verstehen, er murmelte oder flüsterte. Er rauchte fast ununterbrochen.

Der alte Mann sprach heiser über die unterschiedlichen Spurweiten der Eisenbahn, das heißt, über die unterschiedlichen Abstände der Eisenbahngleise auf der ganzen Welt. Vielleicht dachte der alte Mann, dass Philipp ihn verstehen würde, weil er nicht von hier war, weil er etwas von der Welt gesehen hatte, aber Philipp verstand zu Anfang fast nichts von dem, was ihm der alte Mann erzählte.

Es fielen viele Namen aus der Ferne in diesen einseitigen Gesprächen, Ortsnamen und Namen von Ländern und Namen von Eisenbahngesellschaften.

Der alte Mann sprach von der angolanischen Spurweite

von 600 Millimetern, die auch im Kongo benutzt wurde. Auf den Plantagen in Java benutzte man eine 700 Millimeter breite Spur. Die Deutschen hatten einmal eine Dreimeterspur geplant. Kopfschütteln. Stell dir das mal vor! Drei Meter!

Und dann fragte der Großvater, während er an seiner Zigarette zog, nach der Straßenbahn von Leipzig, der Tatra-Bahn.

Mario hatte starke Schmerzen, er litt an Atemnot, er wusste, dass er krank war, auch wenn ihm niemand sagte, was er hatte, obwohl alle außer ihm es wussten. Seine Frau und seine drei Töchter Maria, Vera und Clara hatten es ihm nicht gesagt.

Seine Tochter Vera hätte es ihm sagen müssen, denn sie war Ärztin, Vera hatte als Erste die Krankheit erkannt.

Vera hatte ihren Vater untersucht und ihm in die Augen gesehen. Sie war eine gute Ärztin. Sie hatte eine Gabe, sie konnte oft die Krankheiten der Menschen erkennen, ohne ihnen Blut abzunehmen oder sie in eine Röhre zu stecken. Manchmal reichte es, wenn sie die Hand eines Patienten nahm.

Vera sah ihrem Vater in die Augen und nahm seine Hand, und dann sagte sie ihm, er sei gesund, aber Mario wusste, dass er nicht gesund war, und er hatte ebenfalls eine Gabe: Er hatte die Gabe, in den Gesichtern der Menschen zu sehen, wann sie die Wahrheit sagten und wann nicht. Seine zweitgeborene Tochter sagte ihm nicht die Wahrheit.

– Ist gut, sagte er, wie gut, das freut mich.

– Ja, mich auch, Papa.

– Gut, sagte der alte Mann, dann mache ich mich auf den Weg, eigentlich müsste ich ja bei der Arbeit sein. Mario ging seit Jahren zur Arbeit, obwohl er längst hätte aufhören sollen. Er war zu alt.

– Warum nimmst du dir nicht ein bisschen frei, in den nächsten Wochen?

– Ich? Was soll ich die ganze Zeit zu Hause?

Im Sommer wurde es so heiß, dass die Wälder, durch die Vadim, König von Reval und Riga, in seiner Einsamkeit zog, anfingen zu brennen. Es brannten die Blätter, die Zweige und die Äste der Bäume, es brannten die großen Stämme selbst, es brannte der Boden, alles stand in Flammen.

In dieser Zeit lernte Vadim die Sprache des Feuers und Rauches.

Feuer und Rauch sprechen eine heisere Sprache. Es ist eine Sprache der Auflösung und Unendlichkeit. Feuer und Rauch sprechen von fliegenden Funken, von brennenden Scheunen und brennenden Städten, und sie sprechen von einem in Flammen stehenden Himmel, sie sprechen von ihrer sich überschlagenden Begeisterung, von verkohlten Landstrichen, von in der Hitze geschmolzenem Glas und von verbrannten, verkrümmten Körpern, und Feuer und Rauch sprechen von ihrer Angst vor dem Wasser, sie sprechen über ihren grenzenlosen, niemals zu stillenden, quälenden Hunger nach mehr und mehr und mehr, von dem Wind, der das Feuer atmen lässt und der den Rauch zerreißt und in alle Richtungen zerstreut, als sei er nie dagewesen.

Der Strom war ausgefallen, und sie saßen nachts in der Hitze auf dem Hof vor dem Haus. Es brannten die Kerzen auf dem betonierten Boden.
Isabel hörte den Geschichten der Familie zu, alle waren da außer ihrem Vater, der in dieser Nacht arbeitete, und während sich die Geschichten wiederholten, wanderte ihr Blick von den Gesichtern im Licht der Kerzen hinüber zu den lichtlosen Mietskasernen in der Nacht.
Auf den Feuertreppen saßen in der Dunkelheit Menschen. Es war so heiß, dass die Leute nicht schlafen konnten. Sie hatten die Matratzen auf die Treppen und Umgänge und Balkone gezogen. Die Leute hatten Kerzen aufgestellt, auf den Stufen, auf den Brüstungen, auf den Metallstreben.
Überall wurde geredet und getrunken und gelacht, und später gab es Streit zwischen zwei Männern in einem der oberen Stockwerke in einer der Mietskasernen.
Manche Leute brannten in den Wohnungen in den Mietskasernen ihren eigenen Schnaps, und dieser Schnaps machte die Leute jähzornig und blind. Es schrien Frauen, ein Messer, ein Messer, er hat ein Messer!
Ein Mann schrie, ich bringe dich um, und ein anderer

Mann schrie auch etwas, ein Glas oder eine Flasche zerbrach, aber dann war plötzlich wieder alles ruhig.
Ohne Strom funktionierten die Wasserpumpen nicht, die Tanks auf den Dächern waren schnell leer, die Leute hatten kein Wasser mehr. Niemand konnte schlafen, und immer mehr Leute versammelten sich vor den Mietshäusern in der Nacht.
Gegen drei Uhr morgens stand ein etwa siebenjähriges Mädchen am Tor und bat um Wasser, und dann fragte das Mädchen, wann die Lehrerin wieder zur Schule käme.
Die Leute in der Gegend nannten Maria oft nur die »Lehrerin«.
Isabel hörte die Geschichten ihrer Tanten und ihrer Großmutter, während ihr Großvater leise auf ihren Freund einredete.
Die irische Breitspur.
Die russische Breitspur.
Die bosnische Spurweite.
Die Regelspur.
Isabel hatte Dina seit dem Tag an den Stromschnellen nicht mehr gesehen, dabei wohnte Dina nicht weit.
– Alles wird gut werden, hatte der Alte gesagt, als sie mit Dina in der Nähe der Stromschnellen unter dem großen Baum gesessen hatten, und am nächsten Tag hatte man dann morgens früh das Haus durchsucht und Maria abgeholt.

– Komm mit, sagte Isabel zu ihrem Freund.
Dinas Haus lag zu Fuß etwa zehn Minuten entfernt. Isabel und Philipp liefen in den dunklen Straßen an den Häusern ohne Strom vorbei. Auf dem Weg sahen sie für einen kurzen Moment im Lichtkegel ihrer Taschenlampe eine Schlange. Eine Schlange bedeutete Unglück.
– In China sagt man, dass Schlangen Glück bringen, sagte Philipp.
Isabel warf einen Stein nach der Schlange, aber die Schlange war längst im Gras verschwunden.
– Ich glaube, ich bekomme Fieber, sagte Philipp.
Sie erreichten das Haus, in dem Dina wohnte. Das Haus war eher eine Hütte aus aufeinandergeschichteten Zementblöcken, aber es hatte zwei Stockwerke.
Eine Treppe aus Metall führte zu dem oberen Stockwerk. Diese Treppe hatte jemand irgendwo abgebaut und hierhergebracht: Sie stand zu steil, aber sonst wäre sie zu kurz gewesen. Die Stufen standen schräg.
Isabel und ihr Freund kletterten die Treppe hoch und klopften an eine Tür aus Aluminium, die früher einmal an einem anderen Ort die Eingangstür gewesen war. Niemand öffnete, aber sie hörten Stimmen in dem Haus. Die Tür hatte keine Klinke, keinen Türgriff.
Sie drückten gegen die Tür, und die Tür schwang einfach auf. Im Innern der Wohnung brannten Kerzen. Auf dem Fußboden saßen Leute, Isabel erkannte Dinas

Mutter, Dinas Mann und die Kinder. Dinas Mutter war fast blind. Am Rand der Gruppe saß Dina. In der Mitte der Runde brannten die Kerzen. Eine Flasche Schnaps stand auf dem Boden. Die Mutter und der Mann waren betrunken. Es waren noch zwei Frauen da. Isabel kannte diese beide Frauen nicht.
Eine dieser Frauen hieß Lydia, das war die Mutter der jungen Frau des Polizisten Ramiel, Irina.

In den letzten Wochen ihres Lebens ließ sich Claudia, die sich in dem Büro aufgehängt hatte, von Männern ansprechen und ging mit ihnen mit, obwohl sie nichts empfand, während die Männer mit ihr schliefen. In dieser Zeit hatte Petja schon angefangen, ihr die Liebesbriefe zu schreiben, die sie niemals beantwortete.
Die Ärztin hatte in dem Gesicht der jungen Frau gesehen, wie es in dreißig Jahren aussehen würde, und in fünfzig Jahren, das war nur wenige Tage vor ihrem Tod gewesen. Die Ärztin hatte nicht gesehen, dass die junge Frau sich wenige Tage später erhängen würde.

Frankie Weiss war einmal der schönste Mann des Landes gewesen, so hatte man ihn damals zumindest genannt. Dann hörte er auf zu singen und wurde fett. Er zog in ein kleines Haus in der »Pfütze«.

– Hier gehöre ich hin, sagte er, und hier werde ich sterben, aber er starb nicht.

Anna führte Frankie Weiss den Haushalt, seit sie siebzehn war. Sie war seine Freundin, und sie war seine Haushälterin.

Manchmal sprach Frankie Frauen an.

Das geschah selten, aber wenn Frankie Frauen ansprach, dann waren diese Frauen viel zu jung. Frankie war über sechzig, und die Mädchen, die er ansprach, waren meistens nicht älter als zwanzig. Sie wussten nicht, wer der alte, schwer übergewichtige, etwas verwahrloste Mann einmal gewesen war, der sie ansprach. Sie lachten. Sie lachten ihm entweder ins Gesicht, oder sie lachten hinter seinem Rücken. Einmal aber sprach Frankie ein etwas zu dickes Mädchen an, das alleine an einem Freitagnachmittag in der Eisdiele saß, als er gerade vorbeikam, auf dem Rückweg vom Großen Speicher, und dieses Mädchen ging mit ihm mit. Sie sah aus wie eine Sekretärin aus der Verwaltung, aber Frankie fragte sie nicht nach ihrem Beruf. Sie hieß Claudia. Sie gingen Seite an Seite zu Frankies Haus in der »Pfütze«, und sie unterhielten sich kaum. Claudia empfand nichts, als Frankie mit ihr schlief.

Als Anna später die Bettwäsche wechselte, sagte sie: Warum tust du mir das an? Das frage ich dich ganz ohne Aufregung, denn wir sind zwei alte Leute, aber fragen tue ich dich trotzdem: Warum, warum tust du mir das an?

Frankie Weiss hatte von Claudias Tod gehört, so wie alle in der Stadt davon gehört hatten. In der Nacht des Stromausfalls hatte er sich dann an das Klavier gesetzt und ein Lied über ein Mädchen geschrieben, das immer fror. Das war das zweite Lied, das Frankie schrieb, nachdem er dreißig Jahre lang kein Lied mehr geschrieben hatte.

Die Jungen und Mädchen, die bei dem Sprung dabei gewesen waren, schickten in den folgenden Nächten brennende Kerzen den Fluss hinunter.
– Damit seine Seele den Weg nach Hause findet, sagte eines der Mädchen.
Natürlich fing der König der neunzigtausend Meilen in der Wildnis an, die Sprache der Tiere und die Sprache der Wurzeln und die Sprache des Eises und des Frostes und die Sprache des Regens und die Sprache der Blätter zu sprechen, hatte die Lehrerin in einer der Unterrichtsstunden gesagt, während sie mit dem Rücken zur Klasse am Fenster stand.
Petja sprach in dem Dickicht mit den Tieren und den Pflanzen, mit dem See und mit dem Fluss.
Er suchte nach einer Antwort, warum geschehen war, was geschehen war. Er sprach mit dem Regen und mit den Bäumen, mit den Ameisen und den Mücken und den Schlangen und den Fröschen. Manche der Frösche waren winzig, andere faustgroß. Die Frösche machten Jagd auf die Mücken, und die Schlangen machten Jagd auf die Frösche, und Petja machte Jagd auf die Schlangen.
Er sprach mit der Sonne und dem Mond, tagelang,

nächtelang, so wie es der König Vadim von Reval und Riga auf seiner Wanderung durch die Wildnis getan hatte.

Alle schliefen wenig in den Nächten nach der Verhaftung, aber Isabel, die nur zwei Tage vor der Verhaftung ihrer Mutter mit ihrem Freund von weither gekommen war, schlief in manchen Nächten so gut wie gar nicht. Sie lag im Bett und versuchte, sich abzulenken, an etwas anderes als an ihre Mutter zu denken, aber es gelang ihr nicht. Ihr Freund neben ihr schlief, er hatte Fieber.
Isabel lag wach und hörte die Hunde in der Nacht. Sie hörte entfernte Stimmen, die aus den Mietskasernen herüberklangen.
Sie hörte Motorengeräusche.
Irgendwo zog jemand einen schweren Metalldeckel von einer Zisterne, eine Wasserpumpe sprang an. Diese Geräusche kannte Isabel seit ihrer Kindheit.
Die Hunde hier hörten nicht auf zu bellen, die ganze Nacht nicht. Noch vor der ersten Dämmerung begannen die Hähne zu krähen, die die Leute in den Mietshäusern in Käfigen auf ihren Balkonen hielten.
Es wurde langsam hell. Isabel legte ihre Hand auf die Stirn ihres schlafenden Freundes. Das Fieber war gesunken.
Sie stand auf, zog sich an und trat in der Morgendämmerung aus dem Haus. Der Hund kam schwanzwe-

delnd auf sie zu. Isabel überquerte den betonierten Hof, öffnete das rostige Tor und zog es hinter sich zu, damit der Hund nicht hinauslaufen konnte.
Sie lief die Straße hinunter und bog dann auf einen Trampelpfad ab, der zwischen Häusern und Mauern und Zäunen aus Blechen und Stacheldraht entlangführte. Hinter den Zäunen und Mauern schlugen Hunde an. Viele der Häuser waren noch nicht fertig gebaut und befanden sich gleichzeitig schon im Verfall. Manche Häuser erinnerten eher an Hütten oder an Ställe. Andere Häuser aber hatten zwei Stockwerke, mit Außentreppen aus Eisen oder Beton und mit Balkonen und Terrassen und verzierten Fenstergittern. Das waren die Häuser der Leute, die zu Geld gekommen waren. Drei Stockwerke hatten die wenigsten Häuser. Wer in einem der wenigen Häuser mit drei Stockwerken wohnte, zog eine hohe Mauer um sein Grundstück.
Der enge Weg verzweigte sich, verzweigte sich erneut und verzweigte sich abermals, aber Isabel kannte den Weg. Dieser Weg war früher ihr Schulweg gewesen. Sie hatte den Weg erst vor ein paar Tagen ihrem Freund gezeigt, als sie zusammen zu der alten Markthalle gelaufen waren. Das war an dem Tag nach dem Tag der Verhaftung ihrer Mutter gewesen. Davor war sie zum letzen Mal vor neun Jahren hier entlanggegangen. Isabel hatte nicht gedacht, dass sie sich an jede Abzweigung des Weges erinnern würde. Sie hatte an dem Morgen auf dem

Weg zum Markt gedacht, sie würden sich zwischen den Häusern und Zäunen und den Mauern verlaufen.
Diesen Teil der Stadt nannte man die »Zwiebelschüssel« oder auch nur die »Zwiebel«. Wie der Stadtteil unten am Fluss, den man die »Pfütze« nannte, war er wild gewachsen. »Kilo 14«, die nicht fertige Straße, lag am Rand dieses Viertels.
Isabel kam zu der großen unbebauten Brache, die in der Mitte der »Zwiebelschüssel« lag. Auf dem offenen Feld stand ein verrosteter Container, auf dem stand MAERSK. Daneben graste ein abgemagertes Pferd. An manchen Stellen häufte sich Müll.
Isabel überquerte die Brache und setzte ihren Weg zwischen den Häusern fort, bis sie die Rückseite der alten Markthalle erreichte. Die Sonne ging gerade erst auf. Der Markt war schon offen, aber die meisten Händler waren noch dabei, ihre Stände aufzubauen. Sie trugen Kisten mit Gemüse und Obst, Fleisch und Fisch. Isabel stieß auf die Neue Hauptstraße. Sie sah die Lastwagen an den Sammelpunkten, auf deren Ladeflächen die Arbeiter und Arbeiterinnen darauf warteten, zu den großen Feldern außerhalb der Stadt zu fahren. Sie kam zu der Schule, an der ihre Mutter unterrichtet hatte. Den Weg, den sie genommen hatte, war ihre Mutter in den vergangen Jahren fast jeden Tag gegangen, Montag bis Freitag, morgens hin und am späten Nachmittag zurück.

Die Schule war offen. Manche der Schulkinder kamen schon um fünf Uhr früh zur Schule und schliefen dann in den Gängen, bis der Unterricht begann. Das waren Kinder, deren Eltern um diese Zeit anfingen zu arbeiten, in den Fabriken oder in der Raffinerie oder in dem Stahlwerk, Frühschicht.
Isabel betrat die Schule. Sie sah die schlafenden Kinder in den Gängen. Sie stieg die Treppe hoch und setzte sich in eines der noch leeren Klassenzimmer im zweiten Stock. Hier hatte ihre Mutter sie selbst unterrichtet, Fach: Geschichte.
Nachdem Katharine von Aragon, Königin von Kastilien und Galizien den König von Reval und Riga abgewiesen hatte, wanderte er neunzigtausend Meilen durch die Wildnis.
Im Herzen der Königin aber wurde es dunkel, so dunkel, dass sie sich selbst darin nicht mehr auskannte.
– Was hat das mit Geschichte zu tun?
Es hatte Beschwerden wütender Eltern gegeben, bei der Schulleitung, bei der Aufsicht für Bildung und Unterricht, es waren Prüfer gekommen, man hatte mit der Lehrerin Gespräche geführt, so geht es nicht, so kann es nicht weitergehen.

Es regnete und regnete, und so lernte König Vadim von Reval und Riga, der seit vielen, vielen Monaten in der Wildnis lebte, die Sprache des Regens und deren unterschiedliche Dialekte.

Der Regen spricht von der Ferne.

Der Regen spricht von der ganzen Welt, die von Bächen und Flüssen und Ozeanen zusammengehalten wird. Nach ihrem langen Sturz aus dem Himmel fallen die Regentropfen auf die Blätter der Bäume und Pflanzen, und die Regentropfen sind verwirrt, ihnen ist schwindelig nach dem tiefen Fall aus den Wolken, sie rufen, wo sind wir, wo sind wir? Wir kommen von weither, rufen sie dann, wenn ihr wüsstet, was wir gesehen haben, und dann berichten die Regentropfen, während sie an den Stämmen der Bäume herunterrinnen aus der fernen Welt, bis sie im Erdreich versickern und ihre Stimmen sich verlieren.

Als Isabel an dem Morgen, an dem sie bei Sonnenaufgang durch die »Zwiebelschüssel« gelaufen war, von der Schule zurückkam, war es noch früh am Tag, acht Uhr morgens.

– Dina war hier und hat nach dir gefragt, sagte Ruth, die Großmutter. Sie war gerade erst da, ist keine Viertelstunde her.

Die Großmutter sah besorgt aus. Sie sah übermüdet aus. Isabel war ebenfalls müde. Sie ging kurz ins Haus und sah nach ihrem Freund Philipp, der in den Tagen davor leichtes Fieber bekommen hatte. Philipp schlief noch. Isabel machte sich auf den Weg zu Dinas Haus.

Dina sagte, der Alte sei ihr in der vergangenen Nacht im Schlaf erschienen.

Die dickliche Frau trug ein zu enges rosafarbenes Hemd mit aufgenähten goldenen Pailletten. Die Pailletten formten zweimal den Buchstaben C, gespiegelt und ineinander verschoben. ↄC.

Isabel müsse eine Taube besorgen.

Und ein Hirschauge.

Und einen Stein.

Dina sagte, sie habe den Alten gefragt, was das zu bedeuten habe, doch der sei dann wütend geworden, der

Alte habe sie beschimpft und ihr keine Antwort gegeben.
Außerhalb der Stadt, auf der anderen Seite der Brücke, sagte Dina dann, lebe eine Frau, die solche Dinge verkaufe.
Sie sagte, es bestehe Eile, der Alte sei nicht ohne Grund in der Nacht zu ihr gekommen, Isabel dürfe es nicht aufschieben, diese Dinge zu besorgen, am besten tue sie es gleich, sofort.
Isabel hatte vor Sorge um ihre Mutter in der Nacht davor nicht schlafen können, sie war müde, aber sie machte sich ein zweites Mal auf den Weg durch die »Zwiebelschüssel«. Wieder lief sie den Trampelpfad entlang, an der alten Markthalle und an der Schule vorbei, auf deren Pausenhof jetzt Kinder spielten.
Sie lief die Neue Hauptstraße entlang aus der Stadt hinaus und überquerte die Brücke. Am Ufer auf der anderen Seite des Flusses standen stromaufwärts ein paar einfache Holzhäuser. Isabel konnte die Holzhäuser oben von der Brücke aus sehen. Dort wohnte die Frau, die vielleicht eine Taube und ein Hirschauge zu verkaufen hatte.
Isabel kletterte auf der anderen Seite der Brücke die Böschung hinab und lief den Weg am Fluss entlang zu den Häusern am Wasser.
An die Tür der Frau, zu der Dina sie geschickt hatte, hatte jemand ein Stück Dachpappe genagelt.

– Gegen den Wind und den Regen, sagte die Frau, die Isabel die Tür aufmachte. Komm herein. Setz dich.
Die Frau und Isabel setzten sich an einen kleinen Tisch.
Die Frau, die in dem Holzhaus am Fluss lebte, war sehr höflich.
Sie gab Isabel ein Glas Wasser. Das Glas hatte einen goldenen Rand.
In einer Ecke des Holzhauses stand ein alter Ofen, und auf dem Ofen standen ein paar verbeulte Töpfe.
– In diesen Hütten haben früher Fischer gelebt, aber das ist schon lange vorbei, sagte die Frau. Ich kenne deine Mutter, wusstest du das?
Die Frau stand auf, holte eine kleine schwarze, verschlossene Dose aus Plastik und setzte sich dann wieder, mit der Dose in der Hand.
Sie öffnete die Dose nicht. Auf der Dose stand AGFA.
– Das ist das Hirschauge, das du holen sollst.

Philipp hatte in den vergangenen Tagen Fieber bekommen, aber als er an diesem Morgen aufwachte, ging es ihm besser. Er stand auf und zog sich an.

Er hatte Hunger, aber er fand im Haus nichts zu essen.

Philipp ging zu dem gegenüberliegenden Haus, in dem die Großeltern seiner Freundin wohnten, aber dort war niemand. Er beschloss, zu der alten Markthalle zu laufen; Isabel hatte ihm vor ein paar Tagen den Weg durch die »Zwiebelschüssel« gezeigt, und er dachte, dass er den Weg wiederfinden würde.

An einer Stelle des verzweigten Trampelpfads zwischen den Häusern und Zäunen und den Mauern aber bog er falsch ab und verlief sich, bis er in einen Stadtteil kam, den man »Die neue Welt« nannte.

In dieser Gegend der Stadt lagen die großen Viehställe mit ihren Metalldächern und der Schlachthof, und daneben standen zehn hohe Wohnblöcke. Zwischen den Wohnblöcken endete die asphaltierte Straße und ging in ein Gemisch aus Gestrüpp und Steinplatten und Grünflächen und Höfen und Trampelpfaden zwischen den Treppenaufgängen über.

Der Mann stand zwischen den Wohnblöcken, jedes der Häuser war fünfzehn Stockwerke hoch.

Eine Frau um die vierzig verkaufte an einem Stand vor einem der Hauseingänge Tomaten und auch Ziegenfleisch.
– Ich habe mich verlaufen, sagte Philipp.
Die Frau nickte.
– Ich wollte zum Markt.
Er lief hinter der Frau her, sie liefen die Stufen eines offenen Treppenhausturmes hinauf. Überall auf den Betonstufen standen Pfützen vom Regen der vergangenen Tage.
Ganze Korridore des Hochhauses waren vom Regen überschwemmt. Sie liefen hinauf bis zum elften Stock und liefen dann durch einen Korridor, der nicht wie die anderen Korridore und Treppen außen am Haus entlanglief, sondern innen, es war ein Korridor ohne Licht, auch hier stand das Wasser, aber nicht überall. Sie durchquerten auf diesem Weg einmal das ganze Gebäude und liefen dann, auf der anderen Seite des Hauses angekommen, wieder einen Stock hinunter. Jetzt nahmen sie einen der Außenkorridore, sie liefen über Planken und Bretter und Industriepaletten, die man wegen des stehenden Wassers ausgelegt hatte.
Der Regen hatte die Farbe von den Mauern der Wohnblöcke gewaschen, der Beton hatte Salze ausgeschwitzt, die Wände hatten wegen der Feuchtigkeit angefangen zu schimmeln, Flechten und Moose hatten die Wände überzogen, und dann hatte die Sonne alles ausgetrock-

net und ausgebleicht, verbrannt, es blieben auf den Mauern nur Reste von verbranntem Schimmel und Ränder von Kalk und Salz und verlaufener Farbe, aber mit dem nächsten großen Regen kamen der Schimmel und die Flechten wieder, und dann kam wieder die Sonne und der ölige Staub, der in der Luft lag, der kam von den Schornsteinen der Fabriken. Dann hatte jemand all das überstrichen, der Regen hatte die noch fast frische Farbe wieder ausgewaschen, vermischt mit dem Schimmel, den Flechten und dem Staub und den Resten der Farbe aus den vergangenen Jahren.

Die Frau lief vor ihm her, sie trug ein knielanges buntes Kleid. Es war ein zu schönes Kleid, um damit auf der Straße Tomaten und Fleisch zu verkaufen, aber vielleicht hatte sie kein anderes Kleid, dachte Philipp.

Die Frau lief vor ihm her, auf halbhohen Absätzen. Manchmal sagte sie etwas zu ihm, sie hatte eine fröhliche Art zu sprechen, aber Philipp verstand nicht alles, was sie sagte, denn sie sprach in einem Dialekt, den er nicht kannte, und sie drehte sich nicht zu ihm um, während sie sprach.

Aus den Wohnungen, an denen sie vorbeiliefen, drangen Stimmen, die fremde Sprachen sprachen, Geräusche, es liefen Fernseher und Radios, Weltempfänger. Der Mann hörte Fetzen von Liedern, Stimmen, Ansagen, Opernarien, Explosionen und Titelmelodien: Zehn Uhr, die Nachrichten.

Die Frau klopfte an einer Tür. An der Wohnungstür stand die Nummer 10441. Es öffnete ihr ein Mann in einem gelben Hemd. Sie traten in eine blau gestrichene Wohnung. Der Mann hatte eine Art Brenneisen in der Hand, es roch nach verbranntem Haar. Drei Frauen saßen nebeneinander auf Hockern, sie ließen sich die Haare machen. Die Wohnung war ein Schönheitssalon. Philipp wollte etwas sagen. Er wollte sagen, was er schon die ganze Zeit auf dem Weg hatte sagen wollen, während er hinter der Frau durch die Treppenhäuser und Korridore gelaufen war: dass es sich um ein Missverständnis handelte, er hatte sich verlaufen, er hatte Hunger gehabt, er hatte zum Markt gehen wollen.

Die Frau führte ihn weiter, sie führte ihn an einer Küche vorbei, in der er für einen Moment an Haken aufgehängtes Fleisch zu sehen glaubte.

Sie betraten ein Hinterzimmer. Es war dunkel in dem Raum. In allen Wohnungen dieser Wohnblöcke waren die Fenster nicht verglast. Bewegliche Metall-Lamellen vor den Fenstern schützten vor der Sonne und dem Wind. Die Frau führte Philipp an das Fenster und zeigte zwischen den Metallstreben nach draußen.

Sie sahen hinab auf die Stadt. Philipp sah das Dach der alten Markthalle in der Ferne.

Sie blickten auf ein Stadion. Um die große Anzeigetafel des Stadions herum baute man ein Gerüst, damit die Anzeige bei Wind nicht herunterstürzte.

Philipp sah die Arbeiter auf dem Gerüst.

Auf der Aschenbahn trainierte ein einzelner Mann. Dieser Mann hatte nur ein Bein. Anstelle des zweiten Beines hatte er eine Prothese.

Die Form dieser Prothese erinnerte an den Hinterlauf eines Hasen.

Philipp stand am Fenster und sah auf die Stadt unter ihm. Eine Biene lief über seine Hand.

Isabel lief über die alte Eisenbrücke zurück in die Stadt. Sie lief über die Metallroste der Brücke, unter sich sah sie das Flusswasser. Es kamen ihr Autos entgegen, Lastwagen, die an dem Kontrollpunkt in der Mitte der Brücke langsamer wurden.

Inzwischen waren viele Menschen unterwegs, nicht nur mit Lastwagen, Autos und Motorrädern, sondern auch zu Fuß und auf Fahrrädern, mit Handwagen und Anhängern voller Dinge und Waren, die sie in die Stadt hineinbrachten oder die sie aus der Stadt hinausbrachten.

An diesem Tag war der Kontrollposten nicht besetzt. Es hatte angefangen, leicht zu regnen.

Isabel war auf dem Rückweg von dem Holzhaus am Fluss. Sie trug die schwarze Plastikdose und einen Sack bei sich. In dem Sack bewegte sich manchmal eine Taube.

Auf der anderen Seite der Brücke kam ihr eine Frau entgegen, und für einen Moment dachte Isabel, es sei ihre Mutter. Die Frau auf der anderen Seite hatte denselben Gang wie ihre Mutter. Isabels Herz begann zu pochen, sie winkte der Frau zu, sie rief etwas, aber in diesem Moment fuhr ein Lastwagen vorbei, und der Ruf ging unter.

Isabel und die Frau auf der anderen Straßenseite waren jetzt fast auf derselben Höhe, es fuhr ein Konvoi von Militärfahrzeugen über die Metallgitter der Brücke, die Metallgitter schlugen mit jedem Fahrzeug auf die Metallträger darunter.

Isabel blieb stehen. Die Frau auf der anderen Straßenseite blieb ebenfalls stehen. Isabel wollte etwas sagen, etwas rufen. Die Frau auf der anderen Seite der Brücke machte eine Geste, die vielleicht etwas bedeuten sollte wie: Hab keine Angst. Oder: Warte. Aber die Geste konnte genauso auch bedeuten: Ich weiß nicht, wer du bist.

Ich weiß nicht, was du willst.

Die Frau war nicht ihre Mutter. Isabel dachte für einen Moment, die Frau auf der anderen Seite sei sie selbst, in dreißig Jahren. Die Frau auf der anderen Straßenseite ging weiter, und Isabel sah ihr nach. Die Taube bewegte sich in dem Sack.

Als sie nach Hause kam, war ihr Freund nicht da.

– Was ist?, fragte sie ihn später, als er zurückkam, wo bist du gewesen? Was ist? Ist etwas passiert?

– Ich wollte zum Markt, sagte er, aber ich habe den Weg nicht gefunden.

Zum ersten Mal seit langer langer Zeit kehrte Frankie Weiss in seinen Träumen zurück in die große Zeit, dann spielte er mit der Band, mit den »Pipelinern«, und er war siebzig Kilo leichter. Er sah in diesen Träumen die Gesichter der »Pipeliner« vor sich, die Gesichter der alten Gefährten. Fast alle waren nicht mehr da, und die, die noch da waren, was machten die jetzt – die gaben Kindern Unterrichtstunden auf ihren Instrumenten oder sie spielten für den Rundfunk. Vor allem sah Frankie das Gesicht von Charlie Mariano, der hinter der Band saß, auf einem Podest, am Schlagzeug, zwei, drei, und – Einsatz der Trompeten.
Frankie wachte auf und ging in die Küche.
Am Küchentisch saß Anna.
– Ich habe mit der Ärztin gesprochen, weißt du –
Frankie sagte nichts.
– Sie sagt, es sieht nicht gut aus. Es sieht überhaupt nicht gut aus.
Er strich ihr durchs Haar.
– Es sieht überhaupt nicht gut aus.
Sie weinte etwas.
– Das tut mir leid.
– Das kann ich mir vorstellen!

Sie weinte und lachte gleichzeitig. Es war früh am Morgen. Sie hatte ziemlich viel getrunken. Ich meine, wer soll sich um dich kümmern, wenn ich weg bin?
Sie machte eine Pause.
– Darüber könntest du mal ein Lied schreiben.
– Worüber, Anna?
– Über das Verschwinden.

Hilda arbeitete wie Dina im Großen Speicher, sie war Sekretärin, sie kümmerte sich um die Verwaltung der Lagerbestände. Sie war früher gern ins Kino gegangen, vor allem ins »Tornado«, aber sie war auch in die anderen Kinos der Stadt gegangen, ins »Royal« und ins »Casino« und ins »Capitol«. Sie war eine der wenigen regelmäßigen Kundinnen des Friseursalons »Victoria«, den Ugo aufgemacht hatte, nachdem das »Tornado« zugemacht worden war.

Hilda war Ende fünfzig, und sie hatte volles, inzwischen grau gewordenes Haar. Sie kam in den Friseursalon und sah die Bilder an, die an den Wänden hingen.

Hilda verzog den Mund.

– So würde ich gerne aussehen, sagte sie dann, und deutete auf eines der Bilder an der Wand.

– Das kann ich nicht, so was kann ich nicht, Hilda, das weißt du doch, sagte Ugo.

Diese Unterhaltung führten sie jedes Mal, wenn sie da war.

– Macht nichts, wenn es nicht klappt, Ugo, das wächst schnell raus, meine Haare wachsen wie Gras.

Oder sie deutete auf ein anderes Bild.

– Unmöglich, sagte Ugo dann wieder.

Und dann war Dina mit der Taube, die Isabel von der Frau am Fluss bekommen hatte, durch das Haus der Lehrerin gelaufen, die man abgeholt hatte.
Dina hielt die wild flatternde Taube an den Füßen und ging von Zimmer zu Zimmer und über den Hof und mehrfach um das Haus herum.
So hatte es ihr der Alte in der Nacht befohlen.
Als Dina fertig war und draußen vor dem Haus auf der Straße stand, ließ sie die Taube los. Die Taube flatterte in die Luft, aber sie kam nicht höher als ein paar Meter, dann stürzte sie immer weiter flatternd und sich in einem Bogen rückwärts überschlagend wieder zu Boden. Sie landete auf der anderen Seite der Straße.
– Die Taube muss fliegen, sagte Dina.
Die Taube flog nicht. Wenn ihr Dina oder Isabel oder Ruth, die Großmutter, zu nahe kamen, flatterte sie hoch, überschlug sich rückwärts in der Luft und stürzte wieder zu Boden.
Ruth blieb neben der Taube stehen, stundenlang.
Die Hunde kamen. Ruth verscheuchte sie. Sie schickte ihren Enkel Victor, das war der Sohn von Vera, der Ärztin, zu Dinas Haus.
– Die Taube fliegt nicht.

Die Hunde kamen der Taube immer näher. Die Taube flatterte auf, aber sie hatte keine Kraft mehr, sie war erschöpft. Ruth und Isabel verscheuchten weiter die Hunde.
Es war längst dunkel geworden. Der Vogel saß in dem gelben Licht der Straßenlaterne.
Ruth und Isabel gingen ins Haus.
Einer der Hunde tötete die Taube und trug sie weg. Der Besitzer des Hundes fand die tote Taube vor seiner Tür und warf sie in einem hohen Bogen vor Marias Haus, wo sie auf der Erde liegen blieb.

Maria fragte, warum man sie festhielte, und sie bekam keine Antwort.
Sie sagte, man habe kein Recht, sie festzuhalten, und man gab ihr zur Antwort, dass man sie festhalten könne, solange die Untersuchung nicht abgeschlossen sei, und dass sie das wisse, denn sie sei doch selbst einmal Anwältin gewesen.
Die Männer und Frauen, die sie verhörten, wechselten oft, und oft bekam sie von verschiedenen Leuten die gleichen Fragen gestellt, die Fragen wiederholten und wiederholten sich. Oft gingen die Fragen weit zurück, sie gingen zurück bis zu ihrer Jugend und zu ihrer Zeit an der Universität und danach als Anwältin, es ging in den Fragen oft um die Prostituierte, die sie vor vielen Jahren verteidigt hatte.
Maria sagte, das sei lange her, fünfundzwanzig Jahre oder mehr.
Dann sprach plötzlich jemand von Marias Sprung von der Brücke, damals, als sie vierzehn gewesen war, und von Ramiel, der ihr hinterhergesprungen war, und immer wieder ging es um Ramiels Jungen Petja, der ebenfalls von der Brücke gesprungen, dann aber verschwunden und nicht wieder aufgetaucht war.

Maria sagte, sie habe nichts mit dem Verschwinden dieses Jungen zu tun.
Ob sie den Jungen gekannt habe?
Der Junge war ihr Schüler gewesen. Er hatte in einer der hinteren Reihen gesessen.
Was der Junge für ein Schüler gewesen sei?
Ein aufmerksamer Schüler. Ein guter Schüler.
Wo der Junge sein könnte?
Das könne sie nicht sagen. Sie kenne den Jungen nicht besonders gut.
Aber sie kenne den Vater.
Ja, den Vater kenne sie, aber sie habe seit sehr langer Zeit nicht mehr mit ihm gesprochen.
– Seit wann?
Seit dem Tag, an dem man das Kino »Tornado« geschlossen habe.
– Wo waren Sie an dem Abend, an dem das Kino geschlossen wurde?
– Vor dem Kino.
Warum Ramiels Name in ihrem Notizbuch gestanden habe.
Keine Antwort.
Man befragte sie zu ihrem Unterricht.
Ob sie es bestreite, dass sie in ihren Geschichtsstunden über – Blick in die Notizen – Katharine von Aragon, Königin von Kastilien und Galizien und einen Vadim, König von Reval und Riga gesprochen habe.

Ja, das sei richtig, sie bestreite es nicht.
Wer die Loreley von Bacharach sei.
– Das ist eine Frau aus einem Gedicht.
Die Wände dieser Verhörräume waren grün und gelb gestrichen.
Da oben bei den Stromschnellen, was war das mit den sieben Bändern, was sollte das bedeuten?

Nachdem man das alte Hotel geschlossen hatte, baute man ein neues Hotel. Das neue Hotel war ein billiger, vierstöckiger Bau aus Glas und Zement und angelaufenen Metallstreben. Veras Sohn Victor arbeitete in dem neuen Hotel. Das Hotel hatte zwanzig Zimmer, eine Art Konferenzraum und eine kleine Lobby mit blauem Teppichfußboden und getönten Fensterscheiben.
Halbdurchsichtige, weiße Vorhänge, ein kleiner Fahrstuhl.
Eine enge Treppe, die in die oberen Stockwerke führte.
Wer in die Stadt kam, kam nicht, um Urlaub zu machen.
Die Leute, die in dem neuen Hotel abstiegen, waren Geschäftsleute, oder es waren Leute, die zu Taufen oder zu Hochzeiten oder zu Beerdigungen von Verwandten kamen.
Zwei der zwanzig Zimmer waren dauerhaft von drei Frauen belegt, das waren Prostituierte, die vor ein paar Jahren in die Stadt gekommen waren.
Diese Frauen arbeiteten nicht auf der Straße. Sie verließen so gut wie nie das Hotel. Sie warteten in den Zimmern auf Kunden, und eine oder auch zwei der Frauen saßen immer in der blauen Lobby, Tag und Nacht.

Man hatte Victor ein goldenes Ansteckschild gegeben, das er sich an die Weste heften musste. Auf dem Schild stand DIREKTOR. In dem Hotel arbeiteten nur fünf Menschen: zwei Zimmermädchen, der Hausmeister, der Nachtportier und Victor, der Direktor.

Victor stand oder saß den ganzen Tag lang an der Rezeption. Er nahm Reservierungen an, gab Schlüssel aus und vermittelte Anrufe. Oft gab es nichts zu tun, und dann unterhielt er sich mit den Prostituierten.

– Das hier ist wie eine Insel, sagten die Frauen.

– Die blaue Lagune.

– Die blaue Grotte.

– Die blaue Grotte, was ist das, das habe ich schon mal gehört.

– Capri, sagte Victor, Capri, Kopisch, August. August Kopisch. Die blaue Grotte. Die Heinzelmännchen.

Aber die Frauen verstanden nicht, was er meinte.

– Du bist der Größte, Victor.

Das sagten die Frauen immer, wenn sie nicht wussten, was sie sagen sollten. Du bist ein gebildeter Mann. Bildung ist wichtig. Sieh uns an.

– Vielleicht solltet ihr eine Fortbildung machen.

Schallendes Gelächter der Frauen.

– Du bist der Größte, Victor.

Die Frauen arbeiteten nicht auf der Straße, und sie waren nicht in der Stadt gemeldet. Dafür, dass Victor sie in den zwei Zimmern wohnen ließ, ohne je ein Anmelde-

formular ausgefüllt zu haben, gaben sie ihm jede Woche Geld.
Ihre Kunden betraten das Hotel grußlos und liefen ohne an der Rezeption haltzumachen in den ersten Stock, wo die Zimmer der Frauen lagen. Victor kannte die Kunden. Manchen der Kunden war gleichgültig, dass Victor sie sah, vor allem den Arbeitern war das egal.
Manche der Kunden arbeiteten aber in der Verwaltung oder beim Gericht, und diesen Kunden war es nicht gleichgültig, dass Victor sie sah, wenn sie das Hotel betraten.
Diese Kunden gaben Victor, wenn sie das Hotel wieder verließen, Geld. Sie gaben auch dem Nachtportier Geld, aber dieses Geld musste der Nachtportier mit Victor teilen, denn Victor war der Direktor, und sonst hätte Victor den Nachtportier entlassen.
Ein Teil des Geldes, das Victor auf diese Weise verdiente, ging an jemanden in der Verwaltung, damit niemand kam und das neue Hotel überprüfte.
Victor und Isabel waren Cousins. Er war etwas älter als sie. Sie hatten als Kinder miteinander gespielt. Isabel war lange weg gewesen, sie hatte an der Akademie studiert, sie hatte Karriere gemacht, oder sie war dabei, Karriere zu machen. Sie war eine gebildete, elegante junge Frau geworden, sie kam für Victor aus einer fernen, unvorstellbaren Welt, obwohl sie von hier war, und es fiel ihm schwer, mit ihr zu sprechen.

Der Einzige, dem Maria keine Geschichten erzählte, war Toni, ihr Mann.
Wenn Toni dabei war, sprach Maria nicht mehr über Julius Caesar und Long John Silver und Charlotte Corday und Oliver Cromwell und Jeanne d'Arc.
Ihr Mann Toni kannte nicht die Geschichte des Königs der neunzigtausend Meilen Vadim von Reval und Riga.
Mit Toni sprach Maria nicht über Sybille, die Schreckliche, und Heinrich von Navarra und seine Frau Margarete von Valois und nicht über Sir Walter Raleigh und Abraham Lincoln und Tristan und Isolde.
Nachdem ihre Tochter mit sechzehn von zu Hause weggegangen war, führten Maria und Toni eine wortkarge Ehe. Sie verbrachte die meiste Zeit in der Schule oder bei Dina, und er arbeite so viel er konnte, er war so gut wie nie zu Hause.
Am Abend aber aßen sie gemeinsam. Das war der einzige Moment des Tages, an dem sie miteinander sprachen. Sie achtete darauf, dass er nicht zu viel trank.
– Was hast du heute gemacht?, fragte sie ihn beim Essen, und er erzählte von der Arbeit, von Strom und Wasser und Holz und Eisen. Maria hörte zu. Manchmal, sel-

ten, wechselte er das Thema, weil ihm etwas von früher einfiel, aus der Zeit, als er noch im Stahlwerk gearbeitet hatte, ganz am Anfang. Er hatte »Frankie und die Pipeliner« in dem Stahlwerk gehört, bei dem großen Sommerfest, das war deren allerletztes Konzert, ich war dabei, stell dir das mal vor.
Toni verehrte Frankie Weiss. Maria mochte den dicken Frankie nicht. Sie hielt ihn für ein Schwein, aber sie sagte es nicht.
Manche der Stahlarbeiter hatten geweint, damals.
– Wir spielen heute zum letzten Mal, hatte Frankie Weiss gesagt, danke für die schöne Zeit. Alles geht einmal zu Ende.
Charlie Mariano am Schlagzeug, drei, vier, Einsatz der Blechbläser vor dem Hochofen. Wenn du das gesehen hättest.
Damals war Toni fünfzehn gewesen. Er hatte Arbeit in dem Stahlwerk gefunden. Er schlief in dem Wohnheim neben dem Werk, weil er es bei seinen Eltern nicht mehr aushielt. Tonis Vater war ein schwerer Trinker gewesen, er hatte sich später zu Tode getrunken.
Toni und Maria waren kein unglückliches Paar, aber sie hatten sich wenig zu sagen. Sie hatten die gemeinsame Tochter, aber sonst teilten sie sehr wenig, sie waren zu verschieden.
Marias Mutter, Ruth, hatte diese Beziehung nie verstanden, nie gebilligt. Marias Mutter erschien diese

Ehe zwischen einer Anwältin und einem Handwerker und Gelegenheitskellner und Hilfsarbeiter, obwohl sie selbst die Frau eines Eisenbahnarbeiters war, als nicht standesgemäß. Ruth war stolz darauf, die Mutter dreier studierter Töchter zu sein, auch wenn sie selbst in ihrem Leben kaum etwas anderes gelesen hatte als Zeitschriften und die Bibel.

Aber so verschieden Toni und Maria auch waren, die Ehe hielt.

Maria sprach nicht von der Schule, nicht von ihren Fächern. Sie erzählte ihm nicht von Dina, nicht von dem Alten, niemals.

Sie erzählte Toni nicht, wie Dina ihr eines Tages den verlorenen Ring zurückgebracht hatte.

Sie sagte ihm, wenn sie raus zu den Stromschnellen fuhr, aber sie sagte ihm nicht, was sie dort machte, und er fragte nicht.

Toni hatte von Marias Sprung in den Fluss gehört, diese Geschichte kannte die ganze Stadt, aber er fragte sie nie nach Ramiel, nach der Zeit an der Universität, nach dem gewonnenen und verlorenen Prozess.

Als Toni und Maria sich kennenlernten, lebte Toni noch mit einer anderen Frau zusammen. Diese Frau machte Karriere im Speicher, und er arbeitete unter anderem am Bahnhof, aber er arbeitete auch als Kellner und Koch und Barmann.

Er arbeitete nachts, bis um drei oder vier in der Früh. In

der Nacht der Straßenschlacht im Französischen Viertel hatte er müde hinter dem Tresen gestanden. Eine junge Frau war vor ihm aufgetaucht, klatschnass und mit blutigen Knien und mit einem schiefen Gesicht, wie er später sagte, eine junge Frau, über die die Leute in der Stadt sprachen und von der er schon gehört hatte, Maria.
Er fragte Maria, was sie gerne hätte, und sie sagte ihm, was sie gerne hätte und dass sie kein Geld habe, weil sie ihre Handtasche verloren habe.
Das war die Frau, in die er sich verliebte und wegen der er seine damalige Freundin verließ.
Maria war in Begleitung eines Riesen. Dieser Riese geriet wenige Augenblicke später in eine Messerstecherei und wäre fast verblutet, wenn Maria und er den Riesen nicht in das Krankenhaus gebracht hätten.
Als Toni dann später mit Maria zurück in die Pizza-Bar kam, hatte jemand die Kasse geplündert.
Es stand keine einzige Flasche mehr auf dem Regal hinter dem Tresen. In der Ferne im Französischen Viertel heulten immer noch die Polizeisirenen, und es lagen Rauch und Tränengas in der Luft.
Maria und er waren von jener Nacht an zusammengeblieben und hatten sich nie wieder getrennt.
Nachdem man Maria am Tag der Hausdurchsuchung verhaftet hatte, stand Toni vor einer Leere, die er nicht ertragen konnte.
Er war verzweifelt und konnte mit niemandem darüber

sprechen. Seine Tochter Isabel war jahrelang fort gewesen, und jetzt war sie eine junge Frau, die mit einem Mann zusammen war, der viel älter war als sie. Seine Tochter war ihm fremd geworden.
Als Maria ihn kennenlernte, damals in der Pizza-Bar, war Toni ein schlanker, gutaussehender junger Mann. Jetzt, fünfundzwanzig Jahre später, war er dick, während Maria sich mit den Jahren kaum verändert hatte.

In einer Nacht lief die ganze Familie zum Wasser, und auf diesem Weg unterhielten sich Isabel und ihr Cousin Victor zum ersten Mal seit ihrer Ankunft über etwas anderes als die Verhaftung von Isabels Mutter.
Sie fragte ihn nach seiner Arbeit. Er sprach über das neue Hotel, er machte Witze über die getönten Fensterscheiben und den blauen Teppich in der Lobby, die blaue Grotte, Kopisch, die Heinzelmännchen, aber er sagte nichts über die Prostituierten, die dort arbeiteten. Sie fragte ihn, ob er nicht heiraten wolle, Kinder kriegen, eine Familie gründen.
Der kommende Tag war ein Feiertag. In der Nacht vor diesem Tag gingen viele Leute von der Stadt ans Meer. So war es Brauch. Sie zündeten am Meer Kerzen an, sie brachten Geschenke. Das Meer öffnet die Wege, erklärte Isabel ihrem Freund.
Die Leute brachten Blumen und Obst ans Meer. Manche brachten Brot und Kuchen. Wein, Schnaps. Es kamen viele Menschen, Hunderte kamen ans Meer. Die meisten kamen zu Fuß. Sie liefen in Gruppen in der Dunkelheit die gerade Landstraße durch die Ebene zur Küste hinunter und legten die Blumen und das Obst auf die Felsen am Ufer. Es wurde kaum gesprochen. Die Leute

sahen zu, wie das Meer sich diese Gaben holte, sie öffneten die Flaschen, sie schütteten Schnaps in die Wellen und tranken den Rest selbst, und dann gingen sie wieder.

Es war warm, und es rührte sich kein Wind. Das Meer war in dieser Nacht fast vollkommen still. Isabel stand auf den Felsen am Meer und setzte vier brennende Kerzen auf ein Stück Holz. Sie legte Blumen dazu und Äpfel und Pflaumen und Kuchen.

Isabels ganze Familie war mitgekommen, ihr Vater, ihre Großeltern, ihre Tante Vera und deren Mann Pavel und deren Sohn Victor und ihre Tante Clara und deren Mann Richard, genannt Ricki, und deren kleiner Sohn Michael und Isabels Freund Philipp. Isabel kletterte über die Felsen ins Wasser. Ihr Freund reichte ihr das Stück Holz, und dann schickte sie das Stück Holz mit den brennenden Kerzen und den Blumen und dem Obst und dem Kuchen hinaus auf das Meer. Isabel kletterte zurück auf die Felsen. Das Stück Holz trieb langsam hinaus in die Dunkelheit. Sie sahen den Lichtern lange nach.

Dann riss sich Toni plötzlich die Sachen vom Leib und sprang von den Felsen ins Wasser. Er stand im Meer und schrie.

Er schrie lange. Manchmal hörte er auf zu schreien, und dann fing er wieder an, bis er nicht mehr konnte. Niemand sagte etwas.

– Na komm schon, sagte schließlich Pavel. Pavel war ein

Handwerker wie Toni, ursprünglich Maurer, und er war ähnlich schwer. Er hatte Toni das Betonmischen beigebracht.

Toni schaffte es nicht allein aus dem Wasser, die Felsen waren für ihn zu steil. Pavel, Philipp und Ricki mussten ihm die Felsen hochhelfen.

Sie liefen zurück. Sie liefen wortlos die gerade Landstraße entlang und über die eiserne Brücke in die Stadt hinein, die sie dann immer der Neuen Hauptstraße folgend durchquerten. Über die Schotterstraße kamen sie zu »Kilo 14«, der nicht fertigen Straße.

Isabel und ihr Freund sprachen in dieser Nacht nicht darüber, was am Wasser vorgefallen war. Sie sprachen leise über das Museum. Sie sprachen darüber, wie sie sich kennengelernt hatten, vor dem Bild: »Die Brüder«.

Sie sprachen über den schwierigen Weg hierher, über die lange Reise, und darüber, wie sie in einer Nacht in einer übervollen Halle ohne Fenster und in einer anderen Nacht neben einer Betonpiste auf einem Stück verbranntem Gras geschlafen hatten, sie sprachen über die Musik in dem Bus auf dem letzten Stück Weg in die Stadt. Sie erinnerten sich an das Gewitter in der Ebene ein paar Tage zuvor und an den Jungen in der Hütte, der vor ihnen weggelaufen war.

Sie sprachen über die Stadt auf dem Wasser.

Schließlich lagen sie für einen Moment schweigend nebeneinander im Bett, und Philipp wollte ihr davon erzählen, was in dem Wohnblock geschehen war, an dem Morgen, als er sich auf dem Weg zum Markt verlaufen hatte.

Er wollte ihr von der Biene auf seiner Hand in dem Zimmer hoch über der Stadt erzählen und von dem dunklen Fenster, das er meinte, gesehen zu haben.

Dann aber begann Toni noch einmal zu schreien, erst in seinem Zimmer und dann auf dem Hof. Niemand ging hin, um ihn zu beruhigen, auch Isabel nicht. Der Hund bellte. Drei Stunden später ging Toni arbeiten.

Die ersten der graugrünen Busse kamen morgens in der Dämmerung. Sie brachten Arbeiterfamilien aus dem Landesinneren ans Wasser. Feiertag. Manche der Leute waren die halbe Nacht gefahren, um das Meer zu sehen. Staunende Kinder.

Die Sonne stieg, die Männer tranken Schnaps. Die Frauen tranken auch.

Toni und sein Bruder Freddi standen in dem Verschlag, den sie in den Tagen davor aus dem Holz gebaut hatten, das sie in dem alten Hotel gefunden hatten, und verkauften den Leuten, was sie brauchten, Schnaps, Wasser, gebratenes Fleisch. Toni war groß und schwer, und Freddi war kleiner, leicht, schmal und immer blass.

Es war ein gutes Geschäft. Die beiden Brüder machten das nicht zum ersten Mal, aber in diesem Jahr hatten sie zum ersten Mal einen Verschlag gebaut, wegen der Sonne und wegen des Regens.

Die Familien, die mit den Bussen gekommen waren, saßen auf der Erde und auf den Steinen am Meer.

Die Kinder kletterten über die Felsen ins Wasser. In der Brandung trieben immer noch die Opfergaben der vergangenen Nacht. Äpfel, Orangen, Blumen.

Als es wie an den vorangegangenen Tagen anfing zu reg-

nen, verwandelte sich der Küstenstreifen in ein Feld aus rutschigen Felsen, Schlamm und Müll: Die Arbeiter und ihre Familien liefen im Regen zurück zu den Bussen und hinterließen Dosen, Plastikteller und Flaschen.
Toni und sein Bruder standen unter dem Blechdach des Verschlags, den sie in den Tagen davor gebaut hatten, und sahen auf den Küstenstreifen im Regen. Vor ihnen brannte noch die Gasflamme, auf der sie das Fleisch gebraten hatten.
Dann liefen die beiden Brüder im Regen durch den Müll. Manchmal ließen die Leute etwas liegen, oft ging etwas verloren, eine Uhr, eine gerissene Halskette aus Gold oder Silber zwischen dem Plastik im Schlamm.
Die beiden Brüder waren allein, der letzte Bus war gefahren. Als sie sich umdrehten, stand der Verschlag in Flammen.
– Hast du das Gas nicht abgedreht?

Maria und Ramiel waren die Besten ihres Abschlussjahrgangs in der Schule gewesen. Beide kamen aus armen Verhältnissen. Marias Vater arbeite an den Bahngleisen, und Ramiels Vater war bei einem Unfall in dem Stahlwerk gestorben, als Ramiel noch ein Kind war. Seine Mutter arbeitete als Änderungsschneiderin. Sie konnte nicht lesen und war eine tiefgläubige Frau, die nicht zwischen der Bibel und den Apokryphen unterschied.
Nach der Schule hatte die Stadt an Maria und Ramiel Stipendien vergeben und sie auf die Universität geschickt. Maria und Ramiel wohnten in demselben Studentenheim. Sie rauchten und tranken Rotwein und trugen in dieser Zeit ausschließlich schwarz. Beide studierten Recht und Literatur und Geschichte. Sie diskutierten über Philosophie und Politik und Malerei und Filmkunst und Musik.
Sie waren altmodisch diszipliniert. Sie glaubten an Veränderung, sie glaubten an Fortschritt. Sie sahen Möglichkeiten, sie machten ununterbrochen Pläne, Entwürfe – so wie sie es Jahre zuvor auf der Reise den Fluss hinunter getan hatten.
Sie gingen stundenlang gemeinsam spazieren, und sie brauchten wenig Schlaf.

Dann machten sie ihre Examen und kamen zurück in die Stadt.
Sie fingen an zu arbeiten. Maria wurde Anwältin, und Ramiel wollte in die Verwaltung gehen, Abteilung für Ordnung und Sicherheit.
Sie wollten beide mit ihrer Arbeit der Stadt etwas zurückgeben, sie weiterentwickeln, sie vorwärtsbringen, sie besser machen, als Dank dafür, was die Stadt ihnen ermöglicht hatte, aber das war nicht so einfach, die Dinge waren nicht so, wie sie es sich vorgestellt hatten.
Die Wirklichkeit war anders, als sie im Hörsaal der Universität ausgesehen hatte, sie erdrückte die beiden und entzog sich ihnen gleichzeitig, verwickelte sie, drehte sich in ihren Händen, so dass Maria und Ramiel manchmal nicht mehr wussten, was wirklich war und was wirklich sein müsste.
Sie verloren die Orientierung. Sie wussten, dass sie sich neu orientieren mussten, aber sie wussten nicht, wie.
Sie konnten darüber nicht sprechen, und sie konnten sich nicht mehr in die Augen sehen.
Sie gerieten in Verzweiflung, und sie entfernten sich voneinander.
Dann ging es um die Frau, die Jahre später am Tag der Verhaftung unten am Fluss stand, zur Brücke hinaufsah und an Maria dachte.
Diese Frau war eine ganz normale Arbeiterin gewesen,

sie war aus dem Osten gekommen, wie so viele andere auf der Suche nach Arbeit.
Die Frau aus dem Osten hatte dann Arbeit als Kellnerin gefunden, aber schon bald darauf ging sie nach der Arbeit mit Kunden mit. Etwas später arbeitete die Frau nicht mehr als Kellnerin, sondern schaffte nur noch an, auf der Straße.
Sie hatte viele Kunden, und es kamen immer mehr und mehr Männer zu ihr.
Es hieß, die Frau würde die Männer verzaubern.
Es kamen Frauen zu ihr, die ihre Männer zurückforderten.
Schreierei nachts auf der Straße. Streit.
Zerrissene Kleider, ausgerissene Haare, ausgerissene Ohrringe.
In einer Nacht griff die Polizei die Frau auf und fuhr sie aus der Stadt. Man setzte sie weit draußen in der Ebene irgendwo aus, und dann lief die Frau zu Fuß zurück, sechs Stunden lang. Sie kam zerkratzt und zerstochen zurück in die Stadt, wusch sich und stand am nächsten Abend wieder auf der Straße. In dieser Nacht fuhr die Polizei die Frau wieder aus der Stadt und setzte sie irgendwo aus, noch weiter draußen als in der Nacht zuvor.
Die Frau lief wieder zurück, acht Stunden lang, und stand in der nächsten Nacht an derselben Stelle auf der Straße.

Die Polizei kam und wollte sie ein drittes Mal aus der Stadt bringen. In jener Nacht hatte ein Polizist die Frau hart angefasst, als sie sich weigerte, in den Transporter zu steigen, und sie hatte ihm in die Hand gebissen. Er hatte ihr ins Gesicht geschlagen, und dann war sie auf ihn mit einem kurzen Messer losgegangen, das sie bei sich trug.

Maria hatte der Frau aus der Sache herausgeholfen.

Die Frau hörte auf anzuschaffen, und sie zog in ein kleines Holzhaus am Ufer des Flusses, außerhalb der Stadt, unterhalb der Brücke.

Dort lebte sie allein. Sie fand Arbeit auf den Feldern. Jeden Morgen lief sie über die Brücke zu einem der Sammelpunkte, an denen die Lastwagen die Arbeiter abholten und auf die Felder brachten.

Freddi, Tonis Bruder, arbeitete gelegentlich auf dem Schlachthof. Freddi hasste den Schlachthof, er hasste die Geräusche dort und den Geruch und die Augen der toten Tiere und das Blut. Er arbeitete dort nur, wenn er Geld dazuverdienen musste, denn er hatte zwei kleine Kinder, zwei Mädchen.

Manchmal hörte Freddi Stimmen in seinem Kopf. Eine dieser Stimmen war die Stimme seiner toten Mutter. Diese Stimme sagte Freddi, dass er sich nicht so anstellen solle.

Eine andere der Stimmen in seinem Kopf sagte ihm, geh da nicht mehr hin, Freddi. Mach das nicht. Manchmal muss man sich die Ohren zuhalten, sagte die Stimme.

Freddi und sein Bruder hatten früher im Stahlwerk gearbeitet, aber anders als Toni war Freddi schmal, nicht so schwer. Ihn faszinierte das Licht des flüssigen Metalls, aber er war nicht gemacht für diese Art von Arbeit. Er hielt dort nicht lange durch, so wie es ihm sein immer betrunkener Vater und auch seine Mutter vorhergesagt hatten. Seine Mutter sagte, er könne doch beim Schlachthof anfangen, da suche man immer Leute.

Freddi hatte einmal versucht, etwas anderes zu machen,

als er noch jung war. Er hatte gezeichnet, gemalt, aber das tat er schon lange nicht mehr.
Wenn er jetzt, unregelmäßig, auf dem Schlachthof arbeitete, hörte er in seinem Kopf die beiden Stimmen: Die Stimme seiner längst verstorbenen Mutter, die ihm sagte, dass er sich nicht so anstellen solle, und er hörte die Stimme einer anderen Frau, die ihm sagte, dass er dort nicht mehr hingehen solle.
Diese Frau hatte früher, als Freddi noch jung war, als Prostituierte auf der Straße gearbeitet. Er hatte damals dieser Frau erzählt, dass seine Mutter wolle, er solle beim Schlachthof anfangen.
Die Frau hatte damals ihre Hände auf Freddis Ohren gelegt.
– Mach das nicht, Freddi. Such dir was anderes. Manchmal muss man sich die Ohren zuhalten.
Diese Frau hatte dann aufgehört, auf der Straße zu arbeiten. Sie lebte unter der Brücke in einem Holzhaus, und Freddi hatte sie danach nur noch selten gesehen, aber er hörte ihre Stimme oft in seinem Kopf.

Der Mann war über achtzig Jahre alt. Er trug einen Anzug, obwohl es ein heißer Tag war. Er saß auf einer Bank in einem der Gänge des großen Gerichtsgebäudes am Platz der Republik. In dem Gebäude war es kühl, viel kühler als draußen.

Die Angestellten, die an ihm vorbeigingen, grüßten den Mann, er grüßte zurück. Der alte Mann hatte früher selbst hier am Gericht gearbeitet, jahrelang. Er hatte jahrzehntelang hier am Gericht gearbeitet. Er war hier bis vor zehn Jahren der oberste Richter gewesen, der Gerichtspräsident.

Das Gerichtsgebäude stand für Recht und für Gerechtigkeit, der Bau stand für Ordnung, er stand für Klarheit und für Transparenz, aber jetzt kannte sich der alte Richter in dem großen Haus nicht mehr aus. Es wurde für den alten Mann immer schwerer, in dem Haus seinen Weg zu finden, denn man hatte das Haus in den letzten Jahren immer wieder umgebaut, das Haus war gewachsen, es hatte sich ausgedehnt. Der Bau hatte andere Gebäude verschluckt. Das Haus war um sich selbst herumgewachsen, es hatte sich gespalten, verdoppelt, vervielfältigt.

Der alte Richter kam gerne her, fast jeden Tag betrat er

morgens das Haus und setzte sich in einen der kühlen Flure, fand dann aber den Weg nicht mehr hinaus.
Er wollte sich nicht anmerken lassen, dass er sich hier nicht mehr auskannte. Er saß in seinem Anzug auf der Bank und hoffte, dass ihm der Weg zum Ausgang wieder einfallen werde.
Er ärgerte sich über seine Hilflosigkeit, er schämte sich dafür, und manchmal lächelte er auch darüber. Orientierung ist ein vorübergehender Zustand, dachte er dann, so wie die Wirklichkeit und so wie das Recht.
Ich bin alt geworden, dachte der frühere Richter. Das Alter ist ebenfalls ein vorübergehender Zustand. Er wartete auf der Bank in dem Gang, bis das Gebäude am späten Nachmittag geschlossen wurde, denn dann kam jemand und brachte ihn zur Tür.
– Auf Wiedersehen, Herr Richter. Haben Sie noch einen schönen Abend.

Als man Maria zum ersten Mal verhaftete, war sie noch Anwältin, das war nicht lange nach dem Prozess gegen die Prostituierte, den sie gewonnen hatte.
Der Polizist, der sie an jenem Nachmittag ihrer ersten Festnahme verhaftete, war derselbe Polizist, den die Prostituierte in die Hand gebissen und mit dem Messer angegriffen hatte, als man sie zum dritten Mal aus der Stadt fahren und weit draußen in der Ebene aussetzen wollte.
Man steckte damals Maria nach ihrer Verhaftung in eine winzige Zelle, es gab kein Fenster, nur in drei Metern Höhe ein Luftloch.
Maria wurde am nächsten Tag ohne Verhör oder Untersuchung entlassen; es habe sich um einen Irrtum gehandelt, sagte man ihr. Das war nicht lange vor der Straßenschlacht wegen der Schließung des Kinos »Tornado«.

Die letzten Kunden waren gegangen, es war Zeit zuzuschließen.
Ugo, der Friseur, saß in dem kleinen Salon »Victoria« in einem der zwei Friseurstühle und rauchte. Vor ihm lagen die Schermaschine, die Scheren, der Kamm. Draußen war es schon dunkel.
Er dachte an die tausend Gespräche des Tages.
Die schwarze Stadt, die weiße Stadt.
Ugo machte das Licht aus und ging zur Tür.
Er fragte sich, wie die schwimmende Stadt draußen auf dem Meer bei Nacht aussehen könnte: hell erleuchtet wie die Raffinerie und die Tanks daneben, mit vielen tausend Lichtern in jedem Gang, auf jeder Brücke, auf jedem der Eisenträger, ein Licht, eine Lampe auf jeder Stufe, oder ob sich die schwimmende Stadt nach Sonnenuntergang in ein Geisterschiff verwandelte, schwarz, unsichtbar in der Dunkelheit. Vielleicht war die Stadt jede Nacht da draußen, und keiner sah sie. Das einzige Licht über der Stadt war vielleicht eine rote Lampe auf der Spitze einer Antenne, leicht zu verwechseln mit einem Stern, und diese Antenne empfing vielleicht Nachrichten aus der ganzen weiten Welt, Langwelle, aus der Dunkelheit.

Ugo schloss die Tür des Friseursalons, zog das Gitter davor zu und sperrte das Gitter mit einem schweren Vorhängeschloss ab.

In den Fenstern des Friseursalons hingen Fotos von Filmstars aus einer anderen Zeit, wunderschöne Frauen und Männer, inzwischen alle tot.

Ugo machte sich auf den Weg nach Hause, und während er durch die engen Straßen lief, dachte er an das Kino, das er einmal gehabt hatte, das »Tornado«. Ugo war einmal besessen von Filmen gewesen. Diese Besessenheit war zu einer Qual geworden, ohne dass er es damals gemerkt hatte. Ugo hatte damals in seinem eigenen Kino gesessen, den ganzen Tag und die ganze Nacht, und hatte den Film der Woche wieder und wieder gesehen. Er war besessen von den Gesichtern der Filmstars gewesen, von Audrey Hepburn und Cary Grant und Rita Hayworth und Grace Kelly und Ingrid Bergman und Orson Welles und Marilyn Monroe und Anthony Quinn und Marlene Dietrich und Marcello Mastroianni und Monica Vitti und Anna Magnani und all den anderen.

Und dann, als er an einer bestimmten Straßenecke vorbeilief, dachte Ugo an eine Frau, in deren Armen er einmal gelegen hatte. Diese Frau hatte an dieser Ecke gestanden und auf ihre Freier gewartet, und in den Armen dieser Frau hatte er für eine kurze Zeit die Gesichter all jener Filmstars vergessen.

Die Frau in dem Holzhaus am Fluss hatte Isabel gesagt, sie müsse das Hirschauge einem Mann bringen, der an den Stromschnellen lebte. Dieser Mann werde ihr im Austausch für das Auge etwas geben, aber sie wisse nicht, was das sein werde.

Die Frau hatte gesagt, Isabel müsse allein dorthin fahren, sie könne nicht mit ihrem Freund fahren.

Isabel war mit ihrer Mutter früher oft an den Stromschnellen gewesen, zuletzt erst vor kurzer Zeit, als sie alle im Fluss geschwommen waren und sich das Band aus den sieben Tüchern gelöst hatte, so wie es der Alte vorhergesagt hatte.

Es war keine einfache Fahrt dorthin. Die Straßen wurden draußen in der Ebene zu Pisten, und der Weg war schwer zu finden, vor allem in den Feldern, wo alles gleich aussah und es keine Richtungsschilder gab. Wenn es auf der Fahrt anfangen sollte zu regnen, konnte der Wagen im Schlamm steckenbleiben. Wenn es nicht regnete, erdrückte die Hitze in der Ebene alles. Isabel hatte einen Fahrer gemietet, den sie schon seit ihrer Kindheit kannte – aber sonst war sie immer mit ihrer Mutter gekommen, und jetzt fuhr sie zum ersten Mal in ihrem Leben allein zur »Silbernheit«.

Sie saß hinten in dem großen, alten Wagen. Der Fahrer des Wagens war ein Riese. Er schielte, und Isabel wusste nie, wann er sie ansah und wann nicht.
Alle Fenster des Wagens waren weit offen. Es lief das Radio.
Auf den Feldern, vor den vereinzelten Hütten niemand, kein Mensch – es war zu heiß. Die Frau in dem Holzhaus hatte gesagt, Isabel solle am Mittag zu dem Mann kommen.
Isabel trug ein weißes Kleid.
– Bis nachher, hatte sie zu ihrem Freund gesagt.
– Bis nachher, meine Braut.
Sie hatte vergessen, Wasser mitzunehmen.
Sie erreichten das Dorf. Neben einigen Hütten und Ställen standen flache Betonbauten mit Wohnungen, das waren die Unterkünfte der Landarbeiter. Wir sind der Außenposten der Landwirtschaft. Vor den Wohnblöcken grasten magere Zugpferde, Hühner liefen herum, man hörte Schweine.
Isabel war schon einmal mit ihrer Mutter bei dem Mann gewesen, den sie suchte. Das war vor langer Zeit gewesen, aber Isabel konnte sich noch daran erinnern.
Der Mann saß im Schatten vor einem der Wohnblöcke. Er trug einen alten grauen Overall und Gummistiefel, trotz der Hitze. Er trug diese Kleidung, weil er sich am Vormittag um die Schweine gekümmert hatte.
Der Mann saß auf einem Hocker, sie stand vor ihm,

und dann gingen sie hinein. Die Wohnung des Mannes lag im Erdgeschoss, die Fenster waren vergittert. Der Mann besaß nicht viel mehr als ein Bett, einen Tisch, zwei Stühle, einen Fernseher, eine Vase mit Plastikblumen.

Sie bat den Mann um Wasser, aber es gab kein Wasser, schon seit dem Morgen nicht.

– Warte, sagte er. Er verließ die Wohnung und kam mit einer Tasse voll Wasser zurück. Es war eine Porzellantasse mit dem Bild einer Königin darauf. Das war die Königin von England, Elisabeth die Zweite.

Schließlich holte Isabel die Dose hervor.

Der Mann in dem Overall und den Gummistiefeln nickte. Er öffnete nicht die Dose.

Er zog eine Schublade auf und legte einen Stein auf den Tisch. Der Stein war kleiner als eine Faust.

– Das ist das Fundament, sagte er. Es wird deine Mutter beschützen.

Es war ein einfacher, grauschwarzer Stein.

Das Untersuchungsgefängnis wurde Untersuchungsgefängnis genannt, obwohl hier bereits verurteilte Frauen zusammen mit Frauen eingesperrt waren, die noch in Untersuchungshaft waren, ohne Prozess. Für die Frauen ohne Prozess galten andere Regeln als für die bereits verurteilten Frauen. Eine dieser Regeln war, dass die Frauen in Untersuchungshaft keinen Besuch empfangen durften, um die laufende Untersuchung nicht zu gefährden.

Diese Frauen hatten allerdings das Recht, einen Anwalt zu sehen. Auf dieses Recht verzichtete Maria.

Das Gefängnis war ein dreistöckiger, quadratischer Bau, die Zellen führten in jeder Etage auf einen vergitterten Umgang. In der Mitte des Gebäudes lag der Hof. Die Umgänge waren vergittert, damit keine der Frauen in den Hof springen konnte, um sich umzubringen. Innerhalb des Gefängnisses bewegten sich die Frauen weitgehend frei, tagsüber waren die Zellen und der Zugang zum Hof offen.

Auf dem Dach und auf den Umgängen standen die Wärterinnen und sahen hinab auf den Hof. Einmal hatte eine Wärterin einen toten Skorpion auf dem Dach gefunden und ihn in den Hof geworfen.

Die Frauen trugen blaue Häftlingsuniformen. Die Sonne wanderte über den Hof. Die Frauen saßen im Schatten und erzählten sich Geschichten, den ganzen Tag lang. Sie erzählten sich ihre eigenen Geschichten, das waren meistens Geschichten von Gewalt, Raub und Betrug. Oft ging es um gewalttätige Ehemänner, manchmal ging es um einfachen Diebstahl, manchmal um schweren Raub.

In manchen der Geschichten ging es um Bestechungen, Fälschungen, Betrug.

Die Fälscherinnen und Betrügerinnen bildeten innerhalb des Gefängnisses eine eigene Gruppe. Maria mochte die Fälscherinnen und Betrügerinnen. Die Fälscherinnen und Betrügerinnen sagten zu Maria, während sie auf der schattigen Seite des Hofes saßen, sie solle ihnen ihre Geschichte erzählen, und weil Maria nicht wusste, welche Geschichte sie erzählen sollte, begann sie, von Königen und Königinnen zu erzählen, so wie sie es in der Schule tat.

Sie begann, die Geschichte von König Vadim zu erzählen, der einst neunzigtausend Meilen zu Fuß gelaufen war, viele Jahre lang.

König Vadim war der König von Reval und Riga gewesen, und eines Tages hatte er sich mit seinem Tross aufgemacht, weil er um die Hand von Katharine von Aragon anhalten wollte, das war die Königin von Kastilien und Galizien. Der König von Reval und Riga

kannte und liebte die Königin Katharine seit langer Zeit.
Vadim war mit seinen vierzig Reitern und ihren Bannern im Wind durch das Stadttor von Aragon gezogen, es war ein kühler, aber wolkenloser Tag gewesen, und die Rüstungen und Helme der Reiter glänzten in der Morgensonne. Der König ritt bis zum Palast, vor dem ihn die Königin Katharine erwartete, und dort sank er vor ihr auf die Knie.
Vadim sagte zu Katharine, er sei von Riga hierhergeritten, wie sie wisse, liebe er sie seit langer Zeit, und nun bitte er sie, seine Frau zu werden, er wünsche sich nichts sehnlicher als dies.
Katharine von Aragon aber nahm den Antrag nicht an.
Die Fälscherinnen und Betrügerinnen sahen Maria fragend an.
Katharine von Aragon sah den vor ihr knienden König an und sagte ihm, ihr Herz sei voller Liebe wie das seine und doch könne es keine Hochzeit geben, denn sie seien sich gleichzeitig zu ähnlich und zu verschieden.
Aragon und Reval seien zu weit voneinander entfernt und lägen doch so dicht beieinander.
Der Wind spielte in ihren Haaren. Sie hatte ein trauriges Gesicht.
Die Fälscherinnen und Betrügerinnen sagten, sie würden diese Begründung nicht verstehen.

Und dann sagte Katharine von Aragon noch, niemals werde sie aber jene Zeit vergessen, als sie noch gemeinsam an der Sorbonne studierten, und niemals werde sie die Nacht vergessen, in der sie gemeinsam den Fluss hinunterreisten, doch nun müsse Vadim gehen.
Darauf erhob sich der König von Reval und Riga und ging fort. Er ließ sein Pferd zurück und seine Reiter und lief in die Wildnis, und so lief er neunzigtausend Meilen, er durchquerte Wälder, Wüsten und Gebirge, um die Königin Katharine von Aragon zu vergessen.
Aber diese Geschichte wollten die Betrügerinnen nicht hören. Sie sagten Maria, sie solle keine erfundene Geschichte erzählen.
Sie sagten, sie solle ihre eigene Geschichte erzählen.
Dann erzählte Maria, wie einmal eine Frau zu ihr gekommen war. Die Frau hatte draußen am Tor gestanden und Marias Namen gerufen. Maria hatte die Frau noch nie zuvor gesehen, niemals, sie war ihr vollkommen unbekannt, und deshalb hatte sie sie nicht auf den Hof gebeten, nicht in das Haus. Maria und die Frau blieben am Tor stehen.
Die Frau sagte, ihr Name sei Dina. Dina erzählte Maria, dass sie von ihr geträumt habe. Sie erzählte ihr, dass draußen auf den Feldern einmal ein heiliger Mann gelebt habe, den man von fern hierher verschleppt habe. Das Einzige, was der Mann aus seiner Heimat habe mitbringen können, in seiner Faust versteckt, sei ein kleiner

Stein gewesen, sonst nichts. Der Mann sei hier gestorben, ohne je seine Heimat wiedergesehen zu haben.
Dina sagte, dass der Geist dieses Mannes manchmal zu ihr spreche, ob sie es nun wolle oder nicht, da sei nichts zu machen.
Die Frau hatte gelacht, während sie all das Maria erzählte. Sie sagte, der Geist führe in ihren Körper, er spreche aus ihr heraus, aus ihrem Mund. Dieses Mal aber sei der Geist ihr im Traum erschienen, und er habe ihr gesagt, sie solle zu Maria gehen, zu der Lehrerin.
Sie hatte gesagt, zu wem?, sie kenne keine Lehrerin, ich kenne diese Frau nicht, ich kann nicht einfach zu ihrem Haus gehen, sie wird denken, ich will sie belästigen, aber dann sei der Geist böse geworden, wirklich wütend, er habe sie beschimpft, ja, das könne manchmal passieren, und dann bekomme sie Kopfschmerzen, und deshalb sei sie jetzt da.
An dieser Stelle hatte die Frau am Tor eine Pause gemacht.
– Du hast einen Ring verloren, sagte sie dann.
– Ja, sagte Maria, aber das kannst du gar nicht wissen, das weiß niemand.
Diesen Ring hatte Maria vor vielen Jahren verloren, er war ihr vom Finger gerutscht, als sie während der großen Straßenschlacht der Strahl des Wasserwerfers getroffen hatte.
Sie hatte niemals mit jemandem darüber gesprochen,

nicht einmal mit ihrer Mutter, die ihr den Ring geschenkt hatte.

– Der Mann, von dem ich dir erzählt habe, hat mir im Traum gesagt, dass ich in die Stadt gehen solle, dass ich dort etwas suchen müsse. Also bin ich in das Französische Viertel gegangen, heute früh in der Dämmerung, es war noch niemand auf der Straße, und da sah ich den Ring vor mir im Rinnstein, ich musste ihn nur aufheben.

Dann gab die Frau Maria den Ring. Es war ihr Ring, es war der Ring, den sie einmal vor vielen Jahren von ihrer Mutter geschenkt bekommen hatte.

Maria bat Dina ins Haus.

Von da an verging kein Tag, an dem Maria und Dina nicht zusammen waren.

Maria lernte, mit dem Geist zu sprechen, wenn er in Dinas Körper gefahren war. Sie lernte, seine Sprache zu verstehen, was er meinte und was er wollte und was sie tun musste, wenn er zu ihr und Dina kam.

– Es war ein Wunder, sagte Maria.

Die Frauen in den blauen Häftlingsuniformen lachten. Sie lachten, hörten nicht auf zu lachen, lachten schallend.

– Was ist?, fragte Maria.

– Du bist betrogen worden, sagten die Frauen.

– Nein, sagte Maria, ihr müsstet es mit eigenen Augen sehen, es ist wahr.

– Doch, du bist betrogen worden, sagte eine der Betrügerinnen, und dabei sprach sie mit einer Stimme wie der Stimme des heiseren Geistes, und dann fingen sie alle wieder an zu lachen und sprachen mit nachgemachten Geisterstimmen.

In der folgenden Nacht erschien der Geist des Alten in Marias Zelle, während sie schlief, und setzte sich zu ihr auf die Kante der Pritsche. Sie wachte auf und sagte, wie gut, dass du gekommen bist.

– Es ist alles wahr, sagte er. Es stimmt, was die Frauen sagen.

– Was?, fragte Maria. Was ist wahr?

– Du bist betrogen worden, es gibt keine Geister.

– Aber wie kannst du zu mir kommen, wenn es dich nicht gibt?

– Es gibt keine Geister, sagte er wieder. Ich bin nicht da. Es gibt mich nicht.

Den ganzen folgenden Tag saß Maria allein im Schatten und starrte in das Licht, ohne mit jemandem zu sprechen. Gegen Abend fing sie an zu weinen, heimlich, aber dann kam eine der Betrügerinnen und sagte, hör auf zu heulen. Am darauffolgenden Tag saß Maria wieder bei den anderen Frauen und erzählte die Geschichte von dem König, der neunzigtausend Meilen weit gelaufen war.

Petja baute sich aus Ästen und Blättern ein Dach als Schutz vor dem Regen. Er lernte, sich in dem Dickicht zu bewegen. Er entdeckte in dem Grün ein Netz unsichtbarer Pfade, und er orientierte sich an der Sonne.
Wann immer er das Meer rauschen hörte, drehte er um, denn dann war er zu nah an der Küstenstraße.
Er hatte kein Messer. Er hatte nichts, womit er ein Feuer hätte machen können. Er hatte Hunger.
Es stach ihn eine Hornisse. Er wachte auf, und er sah einen Vogel neben dem See, der eine Schlange fraß. Er aß Insekten, Blätter und Moos. Er trank das Wasser aus dem See, und er trank in der Morgendämmerung das Flusswasser. Das Wasser des Sees schmeckte nach Eisen, und das Flusswasser schmeckte nach Gras. Er begann, das Mädchen zu vergessen.

An dem Tag, an dem seine Freundin mit dem Riesen zu den Stromschnellen fuhr, lief Philipp zurück zu der Hochhaussiedlung, die man »Die neue Welt« nannte. Er fand zurück zu der Siedlung, aber nicht auf demselben Weg, den er das letzte Mal genommen hatte, als er sich auf dem Weg zum Markt verlaufen hatte, und als Philipp schließlich wieder auf dem verbrannten Gras zwischen den Häuserblöcken stand, war alles wie beim letzten Mal, aber obwohl alles gleich war, war alles anders, da er aus einer anderen Richtung auf den Platz zwischen den Wohntürmen gekommen war:

Die ausgewaschene Farbe auf den Mauern, die engen Balkone, die Fenster mit den Metall-Lamellen, die Stimmen, die aus den Wohnungen drangen, die Radios, die Fernsehgeräusche.

Die Frau, die das Ziegenfleisch und die Tomaten verkauft hatte, war nicht da. Er versuchte, den Treppenaufgang wiederzufinden, den er mit der Frau genommen hatte, und fand ihn oder glaubte, ihn wiedergefunden zu haben, aber die Treppenaufgänge sahen alle gleich aus, und es gab davon zwanzig. Philipp lief die elf Stockwerke hoch in dem offenen Treppenhausturm. In allen Korridoren stand Wasser.

Er hörte die Stimmen, die aus den Wohnungen drangen. Er sah nach den Nummern an den Türen. Die Nummern wiederholten sich, stellte er fest, so schien es zumindest.
Philipp suchte nach der Wohnung, in der er mit der Frau gewesen war.
In einem der Korridore stand eine Ziege. Philipp glaubte für einen Moment, die Wohnung 10441 gefunden zu haben. Er klopfte an der Tür. Es machte ihm eine Asiatin auf, das war nicht die Wohnung, da waren keine blau gestrichenen Wände.
– Ich suche einen Friseursalon.
Die Frau schüttelte den Kopf. Er deutete auf die Ziege im Flur, er sagte: Ziege. Ziegen?
Die Frau schien ihn nicht zu verstehen, sie antwortete in einer asiatischen Sprache, vielleicht auf vietnamesisch.
Philipp war zu der Siedlung zurückgekehrt, weil dort oben in der Wohnung 10441 in dem Zimmer mit dem Fenster, von dem aus die Frau in dem bunten Kleid ihm den Weg zu der alten Markthalle gezeigt hatte, eine Biene über seine Hand gelaufen war. Philipp hatte sich umgedreht, um zu gehen, und als er sich bei der Frau bedanken und sich verabschieden wollte, bemerkte er, dass der Raum noch ein weiteres Fenster hatte, aber hinter diesem Fenster war es dunkel, als sei draußen Nacht.

Isabel war lange dort draußen bei den Stromschnellen geblieben, einige Stunden. Sie hatte mit dem Mann in dem grauen Overall und den Gummistiefeln gesprochen, er hatte ihr einen Stein gegeben. Diesen Stein hatte der Mann das Fundament genannt.
Dann war Isabel an den Fluss gegangen. Der Riese wartete irgendwo bei dem Wagen im Schatten. Der Riese war seit langer Zeit ein Freund ihrer Mutter.
Isabel dachte daran, wie sie zuletzt hier gewesen war, mit ihrem Freund, an dem Tag mit den sieben Bändern im Fluss.
Auf dem Rückweg zur Stadt begann etwa auf der Hälfte der Strecke der Motor des Wagens zu stottern. Das war etwa siebzig Kilometer vor der Stadt. Dann lief der Motor wieder rund, der Mann fuhr weiter. Fünf Kilometer später aber blieb der Wagen endgültig liegen. Das war zwischen den Maisfeldern. Hier war niemand, kein Mensch. Der Mann öffnete die Motorhaube des Wagens.
Zuerst blieb die junge Frau in dem weißen Kleid in dem Wagen sitzen, aber ohne den Fahrtwind wurde es in dem Auto schnell zu heiß.
Sie setzte sich unter einen Baum und wartete. Sie ver-

suchte sich klar darüber zu werden, was zu tun sei: hier zu warten oder sich zu Fuß auf die Suche nach einem Haus zu machen. Vor dem nächsten Morgen würde sie hier niemand finden, falls am nächsten Morgen überhaupt jemand vorbeikam – Lastwagen mit Arbeitern, vielleicht.

Sie hatte Durst.

– Ich gehe ein Stück, vielleicht ist hier ja irgendjemand, sagte sie.

– Nicht zu weit, geh nicht zu weit, sagte der Mann. Sonst findest du nicht zurück. Hier sieht alles gleich aus. Dass du noch bei Licht zurückkommst, sagte er noch, viel Zeit ist nicht mehr bis Sonnenuntergang.

Es war spät am Nachmittag. Isabel lief die Straße entlang. Sie hielt den Stein in der Hand, den ihr der Mann gegeben hatte.

Die Hitze, die Felder, ein paar Bäume. Grillen, Vögel. Ameisen. Die Straße verlief immer geradeaus, und ebenso gerade verliefen die Wege, die rechts und links abzweigten. Isabel ging so weit, bis sie den Wagen fast nicht mehr sehen konnte, und dann lief sie zurück. Der Mann hatte den Wagen nicht in Gang gebracht.

Es wurde dunkel. Der Riese arbeitete mit einer Taschenlampe weiter an dem Motor, aber dann waren die Batterien der Taschenlampe leer, und er konnte nichts mehr sehen. Er gab auf.

Isabel und der Riese saßen unter einer Akazie. Sie sahen

in den Himmel, an dem die Sterne langsam erschienen.
Der Mann redete von der Stadt, von der Stadt vor dreißig Jahren. Er sprach von ihrer Mutter, er sprach von Ramiel. Er sprach von dem Fluss, von den alten Plänen, einen Hafen anzulegen, er sprach von den alten Geschichten.
– Ich hatte sie nicht so gut gekannt, damals, aber dann hat sie mir mit ihrer Schwester und deinem Vater das Leben gerettet, in der Nacht mit dem Messer.
Isabel dachte an ihren Freund, ihren zukünftigen Mann. Sie hatten sich vor einem Bild kennengelernt, in einem Museum, weit weg von hier.
Der Riese wechselte plötzlich das Thema, er sprach ohne Überleitung von Automotoren, er erklärte, wie sie funktionieren, und dann erzählte er ihr eine Geschichte von einem Wolf und einer Schlange, in der Geschichte kam ein weißer Wald vor, in dem der Wolf und die Schlange gemeinsam wohnten.
– Beide waren exzellente Schüler, sagte er, und sie begriff erst nicht, dass er wieder das Thema gewechselt hatte.
– Ramiel und Maria waren die Besten, sagte er. Sie waren nicht wie wir, wie die anderen Kinder, man schickte die beiden auf die Universität, man hatte Pläne mit ihnen, und sie auch, Maria und Ramiel hatten jede Menge Pläne. Sie wollten die ganze Stadt verändern, sie wollten alles besser machen.

Der Mann sagte eine Weile nichts mehr. Isabel konnte in der Dunkelheit seine Augen nicht sehen. Dann fing er wieder an zu sprechen.
Er sprach über die Gerichtsverhandlung. Er sprach von der Prostituierten, um die es damals gegangen war. Die hatte einmal seine Augen geküsst, das hatte nie zuvor eine Frau getan und nie wieder danach.
Am Morgen des nächsten Tages kamen zwei Bauern den Weg entlang. Sie trieben zwei Ochsen an. Die Ochsen zogen etwas hinter sich her: Es war ein totes Pferd. Die Bauern spannten die Ochsen vor das Auto und brachten es zusammen mit Isabel und dem Riesen zu der nächsten Siedlung.

Toni brauchte eine Leiter, aber es gab keine Leitern zu kaufen, zumindest nicht in der nötigen Länge. Er musste auf das Dach seines Hauses, denn es hatte angefangen, an verschiedenen Stellen in das Haus hineinzuregnen. Toni hatte versucht, den Männern, die an den Strommasten die Überlandleitungen in Ordnung brachten, eine ihrer Sieben-Meter-Leitern aus Aluminium abzukaufen, aber diese Leitern waren unveräußerliches Eigentum der Elektrizitätsgesellschaft, und die Elektrizitätsgesellschaft war Eigentum der Stadt.
Der Einzige, der in der Gegend eine geeignete Leiter besaß, war Darius Roth.
Darius war ein bekannter Mann im Ort, er war ein Künstler, ein Schriftsteller.
Toni hatte sich schon manchmal von Darius Roth dessen Leiter ausgeliehen, aber er tat es nicht gerne, weil Toni nicht immer verstand, was Darius sagte. Er verstand nicht immer, wovon der Schriftsteller sprach, was er in Wahrheit meinte.
Toni hatte einmal in Darius Roths Haus alle Stromleitungen neu verlegt, das war kein kleiner Auftrag gewesen. Er hatte Tage in dem Haus des Schriftstellers verbracht. Darius hatte ihm oft bei der Arbeit zugesehen,

er redete viel, und Toni war sich nicht sicher, ob der Schriftsteller ihm Komplimente machte oder ob er sich nicht in Wahrheit über ihn lustig machte.
Tonis Tochter Isabel war mit Darius bekannt, sie hatte ihn vor etwa einem Jahr kennengelernt, auf einer seiner Reisen. Er hatte in einer Bar neben ihr am Tresen gestanden und jemandem etwas angetrunken von einem Restaurant erzählt, das einem Friedhof gegenüberlag.
– »Cinecittà«, so heißt der Laden, es ist ein in der Tat exorbitant miserables Restaurant, und trotzdem ist das Restaurant gleichzeitig ein Ort der Auferstehung, ja, ein Ort der Auferstehung. Sie mögen mir nicht glauben, aber nachts, nachdem die Küche schon lange geschlossen hat und alle Lichter aus sind, essen dort die Geister der Toten, die vom Friedhof herüberkommen, und sie sind so schön wie Filmstars.
Isabel hatte sich zu dem zu laut sprechenden Mann neben ihr gewandt.
– Und sie bestellen dort Pizza a la Nieve, hatte sie zu dem ihr unbekannten Schriftsteller gesagt, denn die Geister der Toten essen nur weiße Speisen. Das Restaurant kenne ich.
– Die Welt ist ein Nussschale, hatte Darius damals gerufen und die Hände über dem Kopf zusammengeschlagen. Zwei Mücken aus demselben Kaff fliegen durch das Universum, und dann landen sie mit hängenden Zungen zufällig nebeneinander an demselben Wasserloch,

weitab, fern, tausend Lichtjahre entfernt von der unvergesslich kostbaren Heimat, O Mond von Alabama, so musst du untergehen! Wie könnte es auch anders sein. Darauf müssen wir einen trinken, schönes Kind vom anderen Ende der Welt, und Sie, wer sind Sie?, hatte er dann den Freund der jungen Frau gefragt, Philipp.
– »Lebt wohl ihr Berge, ihr geliebten Triften, ihr traulich stillen Täler lebet wohl!« Schiller kann man nur betrunken zitieren, denn Schiller war ein trauriger Mann so wie der andere vorab herbeigerufene auch. B. B.! Ein Salut auf die Ortlosigkeit!
Darius nahm einen Schluck. Also, was gibt es Neues von den fernen Schollen unserer Heimat?
– Da fragen Sie die Falsche, hatte Isabel gesagt, darüber wissen Sie wahrscheinlich mehr als ich.
Sie hatten sich dann unterhalten, und es stellte sich im Lauf des Abends heraus, dass Darius Isabels Vater kannte, denn Toni lieh sich manchmal bei Darius eine Leiter aus, manchmal arbeitete er auch für ihn.
– Wie geht es deinem Vater, Kleines?, hatte Darius deshalb gefragt, als sie sich zufällig wiedergesehen hatten, am Tag nach der Verhaftung ihrer Mutter, als Isabel ihrem Freund die alte Markthalle zeigte.
– Dieser deinige Vater ist ein Wunder, ein wahres und wahrhaftiges Wunder, wusstest du das? Er ist ein Meister, ein Künstler, ein Schöpfer, nein, er ist ein *Magier*, denn er ist ein Mann, der aus dem Nichts etwas erschaf-

fen kann, und das kann sonst nur einer: Gott selbst – wenn man an Gott glaubt. Wenn man nicht an Gott glaubt, dann ist dein Vater die höchste Form des Seins an sich, und deshalb werfe ich mich vor ihm in den Staub, wann immer ich seiner ansichtig werde.
Das weißt du.
Gut. Das hätten wir also.
Kommt uns besuchen, du und dein Freund aus der Ferne, von dessen Ankunft bereits der ganze Souk nicht müde wird zu sprechen, es wäre mir eine Ehre, ihn in die Hautevolee dieser öligstaubigen Ödnis einzuführen, wir erwarten in ein paar Tagen ein paar Freunde, lasst uns ein kleines Fest machen, kommt vor Sonnenuntergang, wir setzen uns aufs Dach, der Ausblick lohnt sich, und ich glaube, ich verspreche nicht zu viel.

Isabel hatte zuerst nicht vor, der Einladung zu folgen, aber dann änderte sie ihre Meinung.
Isabel ging nicht hin, weil sie hingehen wollte. Sie ging hin, weil die Möglichkeit bestand, dass sie in dem Haus des Schriftstellers Leuten mit Einfluss begegnen könnte, Leuten, die beim Gericht arbeiteten oder an anderen Stellen der höheren Verwaltung. Die junge Frau ging in der Hoffnung auf das Fest, dass sich dort irgendetwas ergeben könnte, irgendetwas, was es auch sei, ein Gespräch mit jemandem, der vielleicht etwas wusste, der etwas für ihre Mutter tun konnte, vielleicht, oder der zumindest jemanden kannte, der etwas für ihre Mutter tun könnte.
Es waren schon eine Reihe von Gästen da, als die junge Frau und ihr Freund zu dem Fest gekommen waren. Sie hatten schon unten auf der Straße vor dem Haus die Stimme des Schriftstellers gehört.
– Wir sind hier oben, rief eine Frau von der Brüstung des Dachs herunter. Isabel und Philipp betraten einen kleinen Hof mit bunten Fliesen und vielen Pflanzen und liefen eine schmale, gemauerte Treppe hoch, die an der Außenwand des Hauses hinauf zu dem flachen Dach führte.

Es war etwa eine Stunde vor Sonnenuntergang. Isabel trat mit ihrem Freund etwas schüchtern auf das flache Dach des Hauses. Auch hier standen überall Töpfe mit großen Pflanzen auf bunten Fliesen. Man saß auf Sesseln und Sofas unter einem Sonnensegel. Die junge Frau kannte hier niemanden wirklich, auch wenn sie von vielen der Gesichter wusste, wer sie waren.
Hier waren Leute, die in der Stadt bekannt waren, Künstler, Maler, Schriftsteller wie der Gastgeber, Musiker, eine bekannte Schauspielerin, ein bekannter Schauspieler.
Ein auffallend fettleibiger Mann saß auf einem der Sofas, das war Frankie Weiss.
Es winkte ihr jemand zu, das war Ugo, der Friseur, der früher das Kino betrieben hatte, das dann geschlossen worden war. Ugo war ein entfernter Verwandter Isabels, er war der Sohn einer Cousine ihrer Großmutter Ruth. Jeder kannte Ugo in der Stadt.
Man sprach über den Begriff der Schönheit.
– Wie schön du bist, hatte jemand zu der Frau des Gastgebers gesagt, und jemand anderes hatte das aufgeschnappt, und daraus hatte sich eine Diskussion entwickelt, die vom Thema des Kompliments und seiner kulturhistorischen Geschichte über die Kunst des Hofierens und der Minne, die Vor- und Nachteile der Eifersucht bis zu Vermutungen über Shakespeares Mutter reichte, geborene Lady Arden, also eine Adlige, die die

Frau eines Handschuhmachers wurde, wie ist das möglich?
– Was ist Schönheit? Gemeinhin wird Schönheit mit Ordnung verwechselt, und – das ist noch unerträglicher – mit Symmetrie. Was für ein Irrsinn!, rief Darius aus.
Man sprach über Hegel, Kant und Leibniz.
Isabel kannte diese Philosophen nicht.
– Die Schönheit ist ein Rätsel.
– Wir wenden uns dem Schönen zu, so wie die Pflanze sich dem Licht zuwendet.
– Wer, wer hat das gesagt?
– Es soll sogar Leute geben, die Schönheit und Wahrheit zusammenschmeißen, aber das ist Quatsch, das ist himmelschreiender Unfug, betrachten wir nur einmal die Schönheit der untergehenden Sonne, nehmen wir nur einmal unsere Sonne da hinten als Beispiel – rot geht sie unter, vor unseren Augen, aber in Wahrheit, *in Wahrheit* ist sie gar nicht mehr da! Das, was wir da sehen, während sich unser Arm um die Hüften unserer Liebsten legt, und dabei legte Darius seinen Arm um die Hüften seiner Frau, die neben ihm stand, das, was wir da am Horizont sehen, ist gar nicht da! Und nicht nur, dass das, was wir da sehen, der rote Ball der untergehenden Sonne, gar nicht da ist, denn das Licht der Sonne reist acht Minuten zur Erde, was bedeutet, dass die Sonne, die wir da sehen, vielleicht in den letzten acht

Minuten explodiert ist und schon gar nicht mehr existiert, während wir sie noch sehen und schöntun, nein, und schlimmer noch, *gleichzeitig* steht dieselbe rote Untergangssonne über einem anderen Teil der Welt hoch und sengend heiß am Himmel! Halleluja.

Darius nahm einen Schluck.

– Und was meinen Sie, mein junger Freund?, und damit wandte sich Darius an Philipp. Oder nein! Sagen Sie nichts, denn ohne Zweifel haben Sie das unaussprechliche Glück, sich an der Seite eines der schönsten Geschöpfe dieser Stadt zu bewegen, auch wenn dieses verlorene Kind unserer Zeit vielleicht nicht weiß, wer Leibniz war oder Kant, aber was spielt das für eine Rolle! Trinken wir. Ich sehe, Ihr Glas ist leer.

In diesem Moment betrat Isabels Vater Toni die Terrasse.

Er war heraufgekommen, ohne dass ihn jemand erwartet hätte, er gehörte nicht zu den eingeladenen Gästen.

– Toni!, rief der Hausherr, welche Freude! Welche ungebrochene, gewaltige Freude! Dieser Mann! Dieser Mann –, und dabei wandte er sich an die ganze Runde seiner Gäste, dieser Mann ist nichts weniger als ein *Genius*. Ich weiß, viele der Anwesenden halten sich für begabt, hochbegabt, genial, vielleicht, aber dieser Mann! – hier machte Darius eine kurze Pause – ist der einzige Künstler in diesem Kreis, der es verdient, diesen Titel wirklich zu tragen, er ist ein Wunderwirker,

denn er hat das Wunder vollbracht, dieses Haus zum Leuchten zu bringen, nachdem es aufgrund zerrütteter Stromleitungen aus der Zeit Thomas Alva Edisons und André Marie Ampères in Finsternis zu versinken drohte. *Korrosion*, hatte er damals gesagt, er, Toni, der Meister, und was ist Korrosion? *Korrosion*, das ist der zweite Name des Teufels, und dieser Mann hier hat den Teufel höchstpersönlich am Schwanz gepackt! Was, was kann ich dir anbieten, mein Freund?
Toni stand am Rand der Terrasse und wusste nicht, was er sagen sollte. Er erkannte viele der Menschen auf der Terrasse. Er hatte nicht gewusst, dass er in eine solche Runde geraten würde, und er hatte nicht mit einer solchen Begrüßung gerechnet. Er hatte nicht alles verstanden, was Darius gesagt hatte, aber er nahm an, dass es lustig gemeint gewesen war. Er war sich nicht sicher. Er sah seine Tochter. Sie lächelte ihn an.
– Ich bin nur gekommen, weil ich fragen wollte, ob ich noch einmal Ihre Leiter ausleihen dürfte, sagte er.
– Aber, aber, aber selbstverständlich! Du darfst! Wie könnte es anders sein, selbstverständlich, denn in diesem Haus wird heute Abend keine Leiter gebraucht, selbst wenn wir hier noch die Sonne und den Mond und die Sterne vom Himmel holen!, sagte Darius mit dem Glas in der Hand. Ich stehe zu Diensten! Er schlug die Hacken zusammen. Aber zuerst, zuerst trinken wir zusammen ein Glas!

Die »Pfütze« war das Viertel unten am Fluss, das manchmal überschwemmt wurde. Hier wohnte Frankie Weiss, und unweit von hier in der Nähe hatten Irina und Anna und Lucia den Hund vergraben, den sie erschlagen hatten.

Früher hatte es einmal in diesem Viertel am Fluss ein Kino gegeben. Das Kino hatte »Tornado« geheißen. Es hatte einem Cousin von Maria gehört, Ugo, das war einer der Söhne einer Cousine ihrer Mutter, die einen Italiener geheiratet hatte. Dieser Mann betrieb nur das Kino in der »Pfütze«, er bediente nur den Projektor, aber trotzdem betrachtete er sich als Künstler. Er trug leichte graue Anzüge und weiße Hemden, und er trug eine Krawatte, das tat sonst niemand in dieser Gegend der Stadt.

Das »Tornado« war kein Kino wie die großen Kinos in der Stadt, das Kino war tatsächlich nicht viel mehr als ein Schuppen, in dem Ugo ein paar Reihen mit hölzernen Klappstühlen aufgestellt hatte, die er auf einem Müllhaufen gefunden hatte, aber das Kino war ein wichtiger Ort in dem Viertel. Es war der einzige Ort, an dem die Leute hier in der »Pfütze« am Freitag oder Samstag hingehen konnten, wenn sie nicht bis in die Stadt laufen wollten. Das Kino war billig. Es kamen viele Leute, hier

trafen sich die jungen Leute am Freitagabend und am Samstagabend.
Dann kamen an einem Freitagvormittag Mitarbeiter der Verwaltung, die sagten, Ugo dürfe das Kino nicht mehr betreiben.
Das Kino wurde mit sofortiger Wirkung geschlossen, weil der Saal oder der Schuppen, in dem Ugo die Filme gezeigt hatte, nur eine Tür hatte und nicht zwei. Kein Fluchtweg, nicht einmal ein Fenster.
– Was geschieht, wenn es brennt?
– Warum sollte es hier brennen?
An der Tür des Kinos hing seit dem Freitagvormittag ein Schild, GESCHLOSSEN, aber Ugo zeigte am Abend desselben Tages trotzdem den Film der Woche, und das Kino war voll.
An diesem Abend wurde Ugo zum Held des Viertels.
Am darauffolgenden Abend standen noch mehr Leute als sonst vor dem geschlossenen Kino. Unter den Leuten vor dem Kino war Maria, die auf ihre Begleitung wartete, Ramiel, aber Ramiel kam nicht. Ugo in seinem leichten grauen Anzug sperrte wie am Vorabend die Türen des geschlossenen Kinos auf.
Dann fuhr ein sandfarbener Wagen vor. Zwei Männer sprachen mit Ugo vor dem Eingang des Kinos. Sie forderten ihn auf, die Leute vor dem Kino nach Hause zu schicken und die Tür des Kinos wieder zuzuschließen. Einer der beiden Männer, die mit Ugo sprachen, war

Ramiel, früher einmal Jahrgangsbester seiner Schule, Stipendiat der Studienstiftung.

Ugo begann, die beiden Männer zu verspotten. Er nannte die beiden Männer Fußsoldaten. Lakaien. Büttel. Feiglinge. Schlappschwänze. Die Leute auf der Straße johlten, und Ugo schrie in die Menge, seht euch diese Napfkuchen an.

– Sie mögen lesen und schreiben können, aber im Herzen sind sie dieselben Analphabeten wie ihre Eltern und Großeltern, falls sie nicht noch unter den Begriff Neandertaler fallen.

Ramiels Mutter konnte nicht lesen und nicht schreiben, aber das wusste Ugo damals nicht, als er das sagte.

Es war Samstagabend.

Ugo war ein Held, und er kam langsam in Fahrt. Er schrie, ich scheiße auf die Verwaltung. Ihr macht das Kino zu, ich mache es morgen wieder auf, ich scheiße euch und dieser Stadt ins Gesicht.

Ugo begann, vor dem Kino einen Tanz aufzuführen. Die Leute, die vor dem Kino warteten, schrien vor Begeisterung. Die Sache lief aus dem Ruder.

Die beiden Männer nahmen Ugo fest. Einer der beiden Männer, das war Ramiel, ging in das Kino und zerstörte den Projektor. Der andere Mann zog eine Waffe und richtete sie auf die johlende Menge. Sie fuhren mit Ugo auf dem Rücksitz des sandfarbenen Wagens in der Dunkelheit davon.

Die Leute blieben auf der Straße vor dem geschlossenen Kino stehen, auch Maria. Man redete. Man redete sich heiß. Schließlich machte die wütende Menge sich auf den Weg in die Stadt. Die Nachricht von Ugos Verhaftung lief ihnen voraus. Die Leute liefen durch die Nacht in Richtung des Hauptquartiers der Polizei, und mehr und mehr Menschen schlossen sich ihnen an, der Zug durch die Nacht wurde größer und größer.
Man rief Parolen. Freiheit für Ugo!
Die Polizeistation lag in einer engen Straße im ältesten Teil der Stadt. Man nannte diesen Teil der Stadt das Französische Viertel. Etwa hundert Meter vor der Polizeistation hatte die Polizei bereits die Straße abgesperrt. Hinter der Absperrung standen Polizisten mit Helmen, Schildern und Schlagstöcken. Der Zug kam in der engen Straße zum Stehen.
Die Leute ganz vorne in dem Zug schrien die Polizisten an. Die Polizei forderte mit Megaphonen die Leute auf, nach Hause zu gehen.
Es flogen Flaschen und Steine. Es gingen Scheiben von Geschäften zu Bruch, Meyers Brautmoden und Fruchthaus Yannis Dacanalis, Obst, Gemüse und Spezialitäten und Glaser & Glaser, Juweliere, und dann ging ein voller Müllcontainer, der am Straßenrand stand, in Flammen auf. Der Container brannte, es zog dichter Rauch durch die Straße. Gleichzeitig schob sich die gesamte Menge immer weiter auf die Absperrungen der Polizei

zu, weil die Menschen hinten in dem Zug, die nicht sehen konnten, was vorne geschah, weiter nach vorne drängten.

Es waren Betrunkene in der Menge, die nicht wussten, worum es überhaupt ging. Es wurde gesungen, es wurde geschrien.

– Freiheit für Ugo.

Die Megaphone der Polizei.

Der Rauch des brennenden Containers.

Eine betrunkene Frau fing an, sich auszuziehen.

Einer der betrunkenen Männer hatte Feuerwerkskörper bei sich, mit denen er um sich warf. Die Jacke dieses Mannes fing Feuer. Es entstand eine heftige Bewegung in der dichten Menge weg von dem Mann in Flammen, es stürzten manche der Leute, es entstand Panik, und von da an geriet die Lage vollständig außer Kontrolle. Die Absperrungen der Polizei wurden überrannt. Hundert Meter weiter hinten, gleich vor der Polizeistation, hatten zwei weitere Hundertschaften der Einsatzkräfte gewartet, die jetzt mit Knüppeln vorrückten. Man riegelte das Viertel vollständig ab. Es gab keinen Weg zurück mehr, und dann begannen sich Polizisten und Demonstranten eine Schlacht zu liefern, die bis tief in die Nacht andauerte. Es wurde geschossen.

Es starben in dieser Nacht zwei Menschen, zwei Brüder. Sie hießen Simon und Matthias. Sie waren Zwillinge. Matthias war einer der Polizisten, und Simon war einer

der Protestierenden, die an jenem Abend ins Kino gehen wollten.
Von dieser Nacht an standen Maria und Ramiel auf zwei verschiedenen Seiten, und sie sprachen von dieser Nacht an kein Wort mehr miteinander bis zu dem Morgen, an dem Ramiel mehr als zwanzig Jahre später in Marias Haus kam und seinen Namen in ihrem Notizbuch fand.
Es war dieselbe Nacht, in der sich um vier Uhr früh Maria und Toni kennenlernten.

Die Sprache der Sonne war die einfachste und schwierigste aller Sprachen, die der König Vadim von Reval und Riga auf seiner Wanderung durch die Wildnis lernte, und sie war die gefährlichste, denn die Sprache der Sonne verbrennt die Lippen, die Zunge, die Zähne, und sie verbrennt die Ohren und das Gesicht.

Die Sonne spricht Abertausende von Worten in einem einzigen Satz, der niemals zu enden scheint. Die Sonne kennt unzählige Ausdrücke für hell und dunkel, für Licht und für Schatten, für Wärme und Kälte, für Wachstum und Vollendung und Abschied und Wiederkehr. Die Sonne spricht vom frühen Morgen an von nichts als dem Leben. Der Klang ihrer Sprache ist wie die Sonne selbst, gleißend, blendend, tosend, sirrend, furchtbar, schrill, brüllend laut, alles zerstörend, aber auch glänzend, schimmernd, schillernd, zärtlich, blinzelnd, lächelnd, sanft, voller Hoffnung; mit dem Anbruch der Abenddämmerung verändert sich aber der Klang der Sprache der Sonne, dann wird sie zu einem Gesang und bald darauf zu einer langsam ersterbenden Klage, denn wenn die Nacht kommt, spricht die Sonne nicht mehr vom Leben, sondern vom Tod, bis sie in der Dunkelheit der Nacht verstummt.

An dem Tag nach dem Abend bei Darius Roth auf dem Dach beschloss Toni, nachdem er mit der Arbeit an dem undichten Dach fertig war und die Leiter zurückgebracht hatte, Darius in Zukunft nicht mehr um seine Leiter zu bitten.
Er beschloss, sich selbst eine Leiter zu bauen.
Jeder Tag, seit man seine Frau abgeholt hatte, stellte Toni vor das Nichts. Er wachte morgens auf und wusste, dass sie auch an diesem Tag nicht zurückkommen würde. Er brachte die Tage damit durch, dass er sich beschäftigte, arbeitete, Geld verdiente, aber das änderte nichts daran, dass er die ganze Zeit nur wartete.
Auf dem Hof lag das Holz, das übrig geblieben war, nachdem sein Bruder Freddi und er den Verschlag gebaut hatten, in dem sie an dem Feiertag am Meer Schnaps und Fleisch an die Leute aus den Bussen verkauft hatten.
Sie hatten den Verschlag aus dem Holz gebaut, das sie aus dem alten Hotel geholt hatten, aus der Ruine. Es war verboten, Material aus der Ruine zu holen, denn das Material gehörte der Stadt.
Toni dachte an den brennenden Schuppen am Wasser, er dachte an das verlorene Holz.
Er begann, die Leiter zu bauen.

Die Pizza-Bar, in der Toni damals als Kellner und Barmann und Koch gearbeitet hatte, hatte in einer Nebenstraße ganz in der Nähe des Krankenhauses gelegen. Das war etwas abseits des Französischen Viertels, drei Querstraßen entfernt.

In der Nacht der Straßenschlacht nach der Schließung des Kinos »Tornado« und Ugos Verhaftung hatte Toni die Sirenen gehört, die Schüsse und die Explosionen.

Es zog Rauch draußen auf der Straße vorbei. Es hing Tränengas in der Luft. Immer wieder liefen blutende Menschen vorbei, die auf dem Weg zum Krankenhaus waren, während zusätzlich herbeigerufene Polizeieinheiten in der entgegengesetzten Richtung in das Französische Viertel vorrückten.

Toni sah die gepanzerten Fahrzeuge und die Wasserwerfer. Manche der Leute, die auf dem Protestzug mitmarschiert waren, suchten Zuflucht in der Bar. Manche ruhten sich nur kurz aus, um dann in die Straßenschlacht zurückzukehren. Sie fragten Toni nach leeren Flaschen.

Maria war mit einem Mann hereingekommen, der groß wie ein Riese war. Der Riese hieß Erik. Maria war von dem Strahl eines Wasserwerfers getroffen worden. Die

Wucht des Wasser hatte sie über die Straße geschleudert. Sie hatte sich die Knie und Ellbogen aufgeschlagen. Sie hatte ihre Handtasche verloren und einen Ring, den ihr einmal ihre Mutter geschenkt hatte. Erik, der Riese, hatte Maria auf der Straße gefunden, er hatte ihr aufgeholfen und sie aus dem Französischen Viertel gebracht, und jetzt stand Maria vor Toni.

Toni fragte Maria, ob sie etwas trinken wolle, und Maria sagte, sie habe kein Geld, sie habe ihre Handtasche verloren.

– Das macht nichts, sagte Toni.

Maria und Erik, der Riese, standen am Tresen. Der Riese schielte, er sah in zwei Richtungen gleichzeitig, und es war nicht erkennbar, ob er jemanden ansah oder nicht, denn das eine Auge sah in eine andere Richtung als das andere.

Ein Betrunkener fing an, Maria zu belästigen. Der Betrunkene sagte, dass er Maria kenne, er sprach über den Sprung damals von der Brücke, er sprach über sie und Ramiel.

Der Betrunkene sagte, Maria sei die Schlampe, die die Nutte verteidigt habe, und dass Leute wie sie die Stadt kaputt machen würden. Er sagte, sie selber sei eine Nutte, denn sie habe die Nutte verteidigt, sie habe Geld von der Nutte genommen, Nuttengeld für eine Nutte, und dann ging Erik, der Riese, dazwischen.

Der Riese stellte sich vor die Frau und sagte zu dem be-

trunkenen Mann, dass er sich verpissen solle, aber der Mann zog ein Messer.
Der Riese schlug dem Betrunkenen ins Gesicht, und der Betrunkene ging zu Boden, aber dann stürzte auch der Riese, weil sich der betrunkene Mann im Fallen an dem Riesen festhielt und ihn mit sich riss, und so stürzte Erik in das Messer.

– Eines Tages werde ich alt sein, sagte Isabel. Alt.
– Alt wie ich?
– Viel älter. Du bist nicht alt. Falls du dann noch da bist, was wirst du dann denken?
– Dann werde ich denken, dass du alt geworden bist. Wenn ich dann noch da bin. Falls ich dann noch lebe.

Selbst Marias Schwestern Vera und Clara konnten nicht sagen, ob Maria und Ramiel jemals ein Paar gewesen waren. Vera glaubte eher, dass Maria und Ramiel ein Paar gewesen waren, und Clara glaubte es eher nicht.
– Die Menschen meiden dich, hatte Maria einmal zu Ramiel gesagt. Warum?
Das war, als Maria und Ramiel noch Freunde waren, als sie noch miteinander sprachen, vor der Straßenschlacht in dem Französischen Viertel, in der die zwei Brüder ums Leben kamen, das waren Zwillinge gewesen, die aber in jener Nacht auf verschiedenen Seiten gestanden hatten.
Maria war der einzige Mensch, mit dem Ramiel je wirklich befreundet gewesen war.
Er blieb jahrelang allein.
Ramiel heiratete nicht, er hatte keine Freundinnen, er lernte niemanden kennen, er wollte es auch nicht. Er lebte allein. Er kümmerte sich um seine Mutter, die Änderungsschneiderin war. Ramiels Mutter konnte nicht lesen. Sie war eine einfache, tiefgläubige Frau, die fest an die Wahrheit der Bibel und der Apokryphen glaubte. In der Stunde ihres Todes aber klammerte sich die alte Frau an die Hand ihres Sohnes, den sie nach einem En-

gel benannt hatte, und sagte, ich habe so furchtbare Angst.

Dann lernte Ramiel eines Tages Julia kennen. Julia war Angestellte der Verwaltung, und Julia gefiel, dass Ramiel Polizist war. Ihr gefiel die Uniform, obwohl Ramiel die Uniform nur selten trug. Ihr gefielen die Abzeichen, die Sterne, die Streifen.

Julia hatte blonde Haare. Sie wohnte im dritten Stock eines Mietshauses in einer kleinen Wohnung mit einem vergitterten Balkon.

– Warum ist der Balkon vergittert?, hatte Ramiel gefragt, als er zum ersten Mal in ihrer Wohnung war.

– Damit niemand hereinkommen kann. Alle vergittern ihre Balkone hier, sieh dich um.

Julia war drei Jahre älter als Ramiel. Sie war eine schöne Frau. Sie war die erste Frau, mit der Ramiel zusammenzog. Er zog zu ihr, in die kleine Mietwohnung im dritten Stock mit dem vergitterten Balkon.

Julia liebte Tiere. Sie hatte Kanarienvögel. Dann kam ein Hund dazu, eine Schildkröte, ein Pelikan, aber das war später, da war Julia schon nicht mehr mit Ramiel zusammen.

Julia und Ramiel bekamen einen Jungen. Sie nannten ihn Peter. Er wurde Petja genannt, denn Julia hatte russische Vorfahren. Sie zogen in eine etwas größere Wohnung im zweiten Stock eines Mietshauses in derselben Gegend, aber Julia fühlte sich in der Wohnung nicht wohl.

Sie hatte in der Wohnung Angst. Der Balkon war nicht vergittert. Ramiel, der als Polizist nicht viel verdiente, musste einen Schlosser kommen lassen, der den Balkon vergitterte und die Fenster und die Eingangstür der Wohnung. Sie lebten in drei Zimmern, aber Julia saß meistens mit dem kleinen Petja auf dem Sofa im Wohnzimmer. Sie kaufte eine Schildkröte.

– Warum setzt du dich nicht auf den Balkon? In der alten Wohnung hast du gerne auf dem Balkon gesessen.

Keine Antwort.

Julia begann, Ramiel Vorwürfe zu machen. Sie sagte, er arbeite zu viel, er sei zu lange weg, er ließe sie zu lange alleine.

– Du bist nur alleine, weil du nicht aus dem Haus gehst.

Sie ging auf ihn los. Sie schlug ihn und schrie, wie, wie, wie?

– Ich kann hier nicht einfach rausgehen, wie soll ich hier rausgehen?, schrie sie, und dabei wurde sie heiser.

– Du musst einfach die Tür aufmachen.

Sie schrie. Sie hatte den Jungen auf dem Arm. Der Junge war nicht einmal ein Jahr alt.

Julia verließ die Wohnung nur noch mit Ramiel. Sie lief an seiner Seite auf dem Trauermarsch für die Zwillinge, der jedes Jahr stattfand. Das tat sie in vier aufeinanderfolgenden Jahren. Sie liefen auf dem Trauermarsch zusammen mit den anderen Polizisten, das gefiel ihr. Die-

ser Tag war immer ein besonderer Tag für sie. Sie war an diesem Tag stolz auf ihren Mann. Maria sah das Paar aus der Ferne. Sie lief ebenfalls auf dem Marsch, mit ihrer Tochter Isabel an der Hand. Das Mädchen war schon fast zehn, als Ramiels erster Sohn geboren wurde.
An den anderen Tagen des Jahres jedoch schrie Julia immer mehr, sie schrie fast jede Nacht.
Sie war unglücklich, sie lebte in ständiger Angst. Tagsüber saß Julia den ganzen Tag still mit dem Kind und den Kanarienvögeln und der Schildkröte in der Wohnung im zweiten Stock, aber wenn Ramiel abends oder nachts von der Arbeit zurückkam, drehte sie durch.
Ramiel war verzweifelt. Er wusste nicht, was er tun sollte. Er legte einmal eine Landkarte auf den Tisch und sagte zu Julia, dann lass uns von hier weggehen, wo willst du hin, aber in jener Nacht schrie sie noch mehr als sonst, du verstehst nicht, schrie sie, du verstehst nicht, und dann schlug sie sich selbst, und dann schlug sie ihren Kopf gegen die Wand, bis Ramiel sie festhielt.
Ramiel lebte mit Julia und dem Jungen in der mehrfach vergitterten Wohnung im zweiten Stock zusammen, bis Petja fast fünf war. In den letzten drei Jahren dieser Zeit verging keine einzige Nacht, in der Julia nicht schrie, in der sie sich nicht schlug oder auf Ramiel losging.
Später in diesen Nächten beruhigte Julia sich dann, sie redete dann manchmal mit Ramiel, als sei nichts gewesen, stundenlang, sie fragte ihn nach seiner Arbeit,

sie begeisterte sich für seine Arbeit, für die kleinen und größeren Verbrechen in der Stadt und in der Umgebung, sie sagte, sie hätte selbst Polizistin werden sollen und nicht Verwaltungsangestellte, und dann sagte Ramiel etwas Falsches, antwortete irgendwas, etwas wie: Dann lass es uns versuchen, schreib einen Brief an die Verwaltung, oder ich schreibe den Brief in deinem Namen, du könntest dich bewerben, noch ist es nicht zu spät, und dann ging ein Glas zu Bruch, und sie begann wieder zu schreien, bis der Junge aufwachte.

Das ging so, bis Ramiel an einem Morgen zur Arbeit ging und am Abend nicht mehr zurückkam. Er zog in eine Zelle in der Polizeistation.

Als Petja, der kleine Junge, ihn dort zum ersten Mal besuchte, fragte er seinen Vater, ob man ihn eingesperrt habe.

Schon bald, nachdem Ramiel nicht mehr zurückgekommen war, begann Julia, die Wohnung zu verlassen und die zwei Stockwerke hinunter auf die Straße vor dem Mietshaus zu gehen.

Sie ließ den Jungen auf der Straße spielen. Sie führte die Tiere aus, die Schildkröte und die Kanarienvögel in dem Käfig.

Sie schaffte sich einen jungen Schlittenhund an. Es flog ihr ein Pelikan zu.

Als Mario, Isabels Großvater, noch ein sehr junger Mann war, hatte er einmal von einem Vorarbeiter gehört, dass Geld nicht einfach Geld sei, dass ein Geldschein seinen Wert von einem Tag auf den anderen verlieren könne und plötzlich nicht viel mehr sei als ein Stück bedrucktes Papier mit einer Zahl darauf.

Diesen Vorarbeiter nannten die Arbeiter am Bahnhof die Spinne, weil es hieß, dass eine Spinne im Schlaf durch seine Nase in seinen Kopf gekrochen sei.

Mario und seine Frau waren arm. Er verdiente am Güterbahnhof wenig, aber er hatte trotzdem etwas gespart, und eine Tante hatte ihm etwas Geld hinterlassen. Das war alles, was sie hatten.

Als Marios Frau Ruth mit dem ersten Kind schwanger war, beschloss Mario, für das wenige gesparte Geld, das er besaß, einen goldenen Ring zu kaufen, denn Gold, davon hatte er gehört, das sagte nicht nur die Spinne, konnte seinen Wert nicht verlieren. Es konnte sogar im Wert steigen.

Er holte das Bündel gesparter Geldscheine aus dem Versteck unter dem Türstock und ging zu dem Goldschmied Glaser, der im Französischen Viertel mit seiner Schwester zusammenlebte und Schmuck machte.

– Was möchtest du für einen Ring?, fragte der Goldschmied.
– Ich möchte einen Ring für meine Frau. Sie bekommt ein Kind.
– Wie alt bist du?
– Siebzehn.
– Und deine Frau? Wie alt ist sie?
– Sie ist sechzehn. Sie heißt Ruth.
Der Goldschmied überlegte.
– Ist das alles Geld, was du hast?
– Ja, sagte Mario. Ich bin Gleisarbeiter.
– Wie soll der Ring aussehen?, fragte der Goldschmied.
Mario hatte keine Antwort auf diese Frage.
– Hat sie noch andere Ringe?
– Sie hat einen alten Ring ihrer Urgroßmutter.
– Passt ihr der Ring?
– Ja, sie trägt ihn manchmal am Ringfinger ihrer linken Hand.
– Bring mir den Ring, damit ich weiß, wie groß der Ring sein muss.
Mario schenkte Ruth den Ring aus Gold, den er für sie bei dem Goldschmied Glaser hatte anfertigen lassen, und am nächsten Tag kam das Kind, Maria.
Als Marios Frau Ruth zum zweiten Mal schwanger war, war sie achtzehn.
Mario arbeitete weiter an den Gleisen, und er trank.
Ruth bekam das Kind zwei Wochen früher als erwartet.

Mario war bei der Arbeit. Sie schickte einen Nachbarjungen zum Bahnhof, um Mario sagen zu lassen, dass das Kind gekommen sei. Es sei ein Mädchen und sie werde es nach ihrer Mutter nennen, Vera.
Der Nachbarjunge fand Mario zuerst nicht.
Es hatte einen Unfall gegeben. Es war eine Eisenschiene auf Marios Beine gefallen. Beide Beine waren gebrochen.
Die Männer trugen Mario nach Hause. Mario schrie vor Schmerzen und trank Schnaps.
Ruth musste Maria und das neugeborene Kind versorgen und den Mann, der sich über mehrere Wochen nicht bewegen konnte. In dieser Zeit ging ihnen schnell das Geld aus, und Ruth beschloss, den Ring zu verkaufen, den ihr Mario geschenkt hatte.
Sie ging zu dem Goldschmied Glaser.
– Ich erinnere mich an den Ring, sagte er.
– Ich muss ihn verkaufen.
– Das tut mir leid, sagte der Mann.
– Mein Mann hat damals den Ring gekauft, weil Gold nicht an Wert verliert. Anders als Geld.
– Es ist ein besonderer Ring. Er wurde nur für dich gemacht, sagte der Mann. Willst du ihn wirklich verkaufen?
– Nein, sagte Ruth, aber ich muss ihn verkaufen. Mein Mann hatte einen Unfall, und wir haben ein zweites Kind bekommen.

Sie sah den Goldschmied an, der während des Gesprächs mit einer Lupe vor dem rechten Auge an seiner Werkbank saß.
– Der Wert des Ringes besteht nicht allein aus dem Gold, aus dem er ist, sagte der Mann.
– Ein Teil des Werts des Ringes besteht in der Arbeit, die in ihm steckt. Ich kann dir Geld bieten für das Gold, aber ich kann dir kein Geld bieten für die Arbeit, denn diese Arbeit habe ich selbst geleistet.
– Wie hoch ist der Wert des Ringes?, fragte Ruth.
Der Goldschmied bot Ruth eine Summe für den Ring, die etwa dem vierten Teil des Geldes entsprach, das Mario damals für den Ring bezahlt hatte.
Ruth verkaufte den Ring nicht.
Sie schenkte ihn viele Jahre später ihrer ersten Tochter, an dem Tag, bevor Maria in einen Bus stieg und von da an auf die Universität ging, um Recht und Literatur und Geschichte zu studieren.
Maria trug den Ring jahrelang. Sie hatte etwas schmalere Finger als ihre Mutter. Sie trug den Ring mit Stolz und mit Vorsicht, denn sie wusste, was der Ring ihren Vater und ihre Mutter gekostet hatte.
Sie verlor den Ring in der Nacht nach der Schließung des Kinos »Tornado«, als sie der Strahl eines Wasserwerfers traf. Zuerst hatte Maria nicht bemerkt, dass sie den Ring verloren hatte.
Sie bemerkte es erst, als sie im Krankenhaus in dersel-

ben Nacht ihre beiden Hände auf die Wunde des Riesen legte, um dessen schwere Blutung aufzuhalten, nachdem der Riese bei dem Kampf mit dem betrunkenen Mann, der Maria in der Pizza-Bar beleidigt hatte, in das Messer des Betrunkenen gestürzt war. Das Messer hatte in seiner Seite gesteckt, links unterhalb des Herzens.

– Du musst aufstehen, hatte Maria in der Pizza-Bar gesagt, wir müssen ins Krankenhaus, aber Erik, der Riese, konnte nicht aufstehen.

– Lass das Messer, wo es ist, zieh es nicht raus, hatte der Mann hinter dem Tresen gesagt, Toni.

Maria und Toni schleppten den Riesen über die Straße zum Krankenhaus.

Marias Schwester Vera, die Ärztin, die in dieser Nacht im Krankenhaus Dienst hatte, war damals noch sehr jung, sie war gerade erst mit der Universität fertig und hatte erst vor kurzer Zeit im Krankenhaus angefangen.

Vera war in dieser Nacht allein im Dienst.

Der Riese blutete sehr stark, er drohte zu verbluten, und schließlich verlor er das Bewusstsein. Aber es gelang der jungen Ärztin, gemeinsam mit ihrer Schwester und Toni die Blutung noch rechtzeitig zu stillen.

Toni baute eine Leiter, die höher war als gewöhnliche Leitern. Die Leiter, die er baute, war sechs Meter hoch. Er baute die Leiter aus Holz, aber geeignetes Holz war nicht einfach zu bekommen.

Das Dickicht in der Ebene lieferte kaum brauchbares Bauholz.

Das längste Stück Holz, das Toni in der nötigen Stärke besaß, maß nicht mehr als fünfundsiebzig Zentimeter. Er musste also die Leiter aus einer Vielzahl von einzelnen Stücken zusammensetzen. Er machte einen Plan. Er zeichnete die Leiter, und er legte das Holz, das er noch hatte, im Hof aus. Die wenigen Holzstücke, die Toni noch nach dem Brand des Verschlags am Meer hatte, kamen aus dem alten Hotel. Auf einem der Holzstücke fand er eine alte Zimmernummer, das war die Nummer 523.

Toni untersuchte jedes einzelne Stück Holz und legte fest, welches der Holzstücke zu welchem Teil der Leiter werden sollte. Allein das dauerte fünf Tage. Nach diesen fünf Tagen wusste er, wie viel Material ihm noch fehlte. Er machte sich ein weiteres Mal auf die Suche nach Holz.

Er lief bis ans Meer, um dort in den Resten des abgebrannten Verschlags nach noch brauchbaren Holzstücken zu suchen, und dann ging er bei Nacht ein weiteres Mal in die Abrissruine des alten Hotels.

Jedes der Stücke, die er im Hof vor sich ausgelegt hatte, sägte er mit der Hand zu. Stück für Stück fügte er zusammen. Er brauchte für diese Arbeit zehn Tage.

Manchmal blieben die Leute am Tor stehen und sahen Toni bei der Arbeit zu. Sein Bruder Freddi kam und bot seine Hilfe an. Isabel und Philipp fragten ihn, ob sie etwas tun könnten. Toni schüttelte den Kopf. Mario setzte sich neben den arbeitenden Toni und sah ihm zu, auch Ruth, die nie viel von ihm gehalten hatte.

Am zehnten Tag stand die Leiter im Hof. Sie ragte hoch über die Mauern, die den Hof umgaben, sie war fast doppelt so hoch wie das Haus.

Die Leiter war schwer, Toni konnte sie nicht alleine bewegen. Der Freund seiner Tochter half ihm. Es standen alle um die Leiter herum, die Eltern seiner Frau, Ruth und Mario, sein Bruder Freddi und Victor, der Sohn von Vera, der bei seinen Großeltern lebte, und seine Tochter, Isabel, und auch die dritte Schwester war an dem Tag da, Clara. Die Leute aus der Nachbarschaft sahen herüber.

Darius Roth, der Schriftsteller, kam in diesem Moment zufällig an dem Haus vorbei. Er sah die hohe Leiter, betrat uneingeladen und ohne sich um den Hund zu kümmern den Hof und stellte sich dazu.

Der Schriftsteller redete weniger als sonst, die Leiter beeindruckte ihn.
– Ein Meisterwerk, sagte er, das ist ein Meisterwerk. Das ist bedeutender als das Trojanische Pferd.
– Wer steigt zuerst hinauf?, fragte Toni.
– Du, sagte die Tochter.
– Ich? Nein, nein –
– Wer dann?
– Du!, sagte der Vater.
Isabel stieg vorsichtig die Sprossen der Leiter hinauf, während ihr Vater und ihr Freund die Gegenseite der Leiter sicherten.
Isabel sah beim Hinaufsteigen, aus wie vielen einzelnen Teilen die Leiter zusammengesetzt war.
– Hält das Ding?
– Wer weiß!
– Hier ist eine Nummer auf der vorletzten Stufe! Nummer 523! Das ist eine Zimmernummer! Ist das eine Stufe oder eine Tür?
– Kannst du den Himmel berühren?
– Fast.
Isabel stand oben auf der vorvorletzten Stufe der sechs Meter hohen Leiter und sah über das Viertel. Sie sah das Haus ihrer Eltern von oben und den Hof, »die nicht fertige Straße« und gegenüber das Haus ihrer Großeltern. Unter ihr standen sie alle, und alle waren aufgeregt. Der Schriftsteller Darius Roth hatte die Sprache wiederge-

funden, er rief etwas hinauf, aber Isabel verstand ihn nicht, sie verstand nur die Wörter »Atlas« und »Alpen« und »Gagarin«, »Ural« und »Schnee«. Es war ein sonniger und windiger Tag.

Wir brechen gemeinsam auf, hatten sie sich gesagt, geschworen, am Ufer des Flusses, auf dem Rückweg.
– Diese Stelle nennt man den Blinden Mund, hatte Maria gesagt, und Ramiel hatte in der Dunkelheit gelacht. Wir sind jetzt einander versprochen für immer.
Ramiel hatte Maria von der Zelle, die sie sich mit acht anderen Frauen teilte, in einen fensterlosen Raum bringen lassen. Der Raum lag im Keller des Gefängnisses. Sie und Ramiel saßen sich an einem Tisch gegenüber. Zuerst sprachen beide nicht, weder sie noch er.
Dann fragte er sie, warum sein Name in ihrem Notizbuch stand, und sie sagte, dass er sie nicht festhalten könne, weil sein Name in einem Buch stand.
– Ich weiß, sagte er.
Er sagte, ich bin ein von Unglück verfolgter Mann.
– Ich möchte wissen, wann das Unglück seinen Anfang nahm.
– Ich kann es dir nicht sagen, sagte sie.
– Warum hast du meinen Namen in das Buch geschrieben?
– Weil ich an dich gedacht habe.

Julia, Petjas Mutter, saß auf dem Sofa und sprach mit den Tieren. Sie sprach mit dem Schlittenhund, mit dem Pelikan und mit der Schildkröte und mit den Vögeln.
Julia war mit den Jahren ruhiger geworden. Sie war immer noch eine schöne und aufsehenerregende Frau. Man sah sie mit dem Jungen und dem Schlittenhund und den Kanarienvögeln und der Schildkröte und mit dem Pelikan in den Grünanlagen zwischen den Mietshäusern. Sie lernte andere Männer kennen und schlief mit ihnen, und hinterher sagte sie, keiner ist wie Ramiel, und keiner wird es jemals sein.
Die Mutter und der Sohn liebten sich sehr. Sie küsste ihn manchmal auf die Stirn und sagte, du bist zu gut für diese Welt.
Seitdem Ramiel gegangen und nicht mehr zurückgekommen war, schrie sie nicht mehr, sie warf keine Gläser mehr, sie schlug sich nicht mehr, nie mehr. Aber in der Nacht, als man ihr gesagt hatte, dass der Junge nach dem Sprung in den Fluss verschwunden war, hatte sie geschrien, stundenlang, sie hatte nicht geglaubt, weiterleben zu können. Sie war mit einem Messer in der Hand auf die Straße gerannt.
Die darauffolgenden Tage über blieb sie dann in der

Wohnung. Sie ging nicht vor die Tür für den Fall, dass der Junge plötzlich zurückkäme. Sie sprach mit den Tieren und las in ihren Augen, was sie ihr antworteten, aber als der Junge auch nach der dritten Nacht nicht zurückkam, schlug sie ihren Kopf gegen die Wand und schrie die Vögel und den Hund und den Pelikan und die Schildkröte an, und dann lief Julia in der nebligen Morgendämmerung den Fluss hinunter und rief nach dem Jungen, aber der Junge hörte sie nicht. Sie lief bis an die Küste, es war sechs Uhr morgens, und als sie aufs Meer sah, glaubte sie für einen Moment, eine Stadt auf dem Wasser zu sehen.

Gegen Ende des Sommers kamen die Wanderarbeiter. Das waren manchmal ganze Familien von Arbeitern, die mit den Jahreszeiten wanderten. Sie kamen von Westen, um im Herbst bei der Ernte zu helfen, und am Ende des Herbstes zogen sie dann weiter nach Osten, um den Winter über in den Bergbaugebieten zu arbeiten.

Diese Leute waren in der Stadt nicht gern gesehen, denn sie akzeptierten schlechte Löhne und schlechte Arbeitsbedingungen und nahmen so den Leuten in der Stadt die Arbeit weg. Deshalb mieden sie die Stadt.

Sie waren Außenseiter und hatten ihre eigenen Bräuche und Angewohnheiten. Eine dieser Angewohnheiten war, dass sie, wann immer es ging, im Freien schliefen.

Wenn sie durch die Stadt kamen, schliefen sie unter der Brücke, und wenn man sie von dort vertrieb, was oft geschah, schliefen sie entweder in der Ruine des alten Hotels oder sie zogen etwas weiter flussabwärts und suchten sich eine Lichtung im Dickicht, auf der sie dann die Nacht verbrachten.

Mitten in einer dieser Nächte im Dickicht trat ein Junge an das Feuer der Wanderarbeiter. Sein Gesicht war schwarz vor Dreck, und er hatte Hunger.

– Woher kommt ihr?, fragte Petja die Wanderarbeiter, die ihm etwas zu essen gaben.
– Woher kommst du?, fragten die Leute zurück.
Am nächsten Morgen brach die Gruppe auf.
– Wohin geht ihr?
– Wohin gehst du? Komm mit uns mit, was willst du hier? Deine Augen sind gelb.
Aber Petja ging nicht weg.

Der Alte hatte am Schluss ihres letzten Gesprächs etwas gesagt, das Maria nicht verstanden hatte. Maria wollte ihn fragen, was er gemeint habe, ob sie ihn richtig verstanden habe, aber dann verwandelte sich Dina wieder in die Frau, die sie war: eine etwas dickliche Frau zwischen dreißig und vierzig.
Sie hatten wie fast jeden Nachmittag auf dem Betonfußboden in Dinas Wohnung gesessen, und Dina hatte die Tür von innen verriegelt und die metallenen Fensterläden geschlossen. Es brannte eine Kerze auf dem Fußboden. Maria hatte den Alten um Hilfe und Rat gebeten, so wie immer, für ihren kranken Vater Mario, und der Alte hatte gesagt, was sie tun solle.
Sie solle Dina eine Ziege bringen und Blumen und einen Kürbis und eine Taube und zwei Hühner. Sie solle für ihre Mutter zwanzig Kerzen anzünden und sie müsse ein Paar Schuhe ihrer Mutter vergraben an einer bestimmten Stelle hinter dem Haus.
Maria hatte dem Alten erzählt, dass bald ihre Tochter kommen werde. Der Alte hatte sich gefreut.
– Die Geiß kommt zurück, hatte er gesagt, der Alte nannte Isabel die »Geiß«, so wie er Dina das »Pferd« und Maria die »Tochter« nannte.

– Es wird Zeit, dass die Geiß nach Hause kommt, hatte er gesagt.
Mutter und Tochter hatten sich neun Jahre lang nicht gesehen. Maria hatte dem Alten gesagt, dass sie Angst vor diesem Besuch habe, aber sie war sich nicht sicher gewesen, ob der Alte verstanden hatte, was sie damit meinte.
Der Alte hatte gesagt, dass Maria aus sieben Tüchern ein Band machen müsse, und dieses Band solle sie um die Hüften der Tochter legen, und dann sollten sie zu den Stromschnellen fahren, Maria, die Tochter und der Mann.
– Welcher Mann?, hatte Maria gefragt.
Der Mann, der mit der Geiß kommen werde, hatte er geantwortet. Er sagte Maria, dass ihre Tochter nicht allein kommen werde.
Und dann hatte der Alte eine Weile nichts mehr gesagt, Dina atmete tief, und Maria dachte, dass der Alte jetzt gehen werde, aber er hielt immer noch ihre Hand fest, und dann sagte er etwas, das sie nicht genau verstand.
Sie hatte sich von Dina verabschiedet und war die zu steile Metalltreppe vor Dinas Haus herabgeklettert. Sie war tief in Gedanken nach Hause gelaufen. Sie war so tief in Gedanken, dass ihre Mutter Ruth, die herüberkam, um sich ein paar Eier zu leihen, dachte, ihre Tochter sei krank.
Maria saß an dem kaputten Glastisch in der Ecke der

Küche und notierte in einem Notizbuch, was der Alte ihr aufgetragen hatte:
2 Hühner, 1 Taube, 1 Ziege, Blumen, 1 Kürbis, 20 Kerzen. Schuhe.

Die Glasplatte des Tisches in der Küche hatte einen Sprung, seitdem Toni einmal eine Flasche aus der Hand gerutscht war.

Maria schloss das Notizbuch, und dann öffnete sie es wieder. Sie schlug eine der leeren Seiten am Ende des Notizbuches auf. Sie nahm ihren Stift wieder in die Hand. Sie schrieb den Namen »Ramiel« in das Buch, und sie erinnerte sich an viele Dinge, an die sie sehr lange nicht mehr gedacht hatte.

Sie dachte an Ramiels Gesicht, als sie noch jung waren, mit vierzehn oder fünfzehn, als sie fast noch Kinder waren. Das war fünfunddreißig Jahre her.

Sie dachte daran, wie sie und Ramiel gemeinsam erwachsen geworden waren. Wie die Stadt Ramiel und sie auf die Universität geschickt hatte, die Jahrgangsbesten, zwei Kinder aus einfachsten Verhältnissen.

Sie reisten wie Matrosen mit zwei Seesäcken vom Militär, die man ihnen gegeben hatte. An einem regnerischen Septembermorgen waren sie in einen Bus gestiegen und in die Provinzhauptstadt gefahren, erstes Semester Jura und Geschichte und Literatur.

Das war der Anfang der Zeit gewesen, in der sie viel rauchten und Rotwein tranken und nur noch Schwarz trugen und nächtelang diskutierten über Grundsätze des römischen Rechts und des Code Napoleon und der Geschichte und der Philosophie.

»Wenn man annimmt, dass *reine* Vernunft einen praktisch, d. i. zur Willensbestimmung hinreichenden Grund in sich enthalten könne, so gibt es praktische Gesetze; wo aber nicht, so werden alle praktischen Grundsätze bloße Maximen sein.«

Das war die Zeit der langen Spaziergänge gewesen, die Zeit der Wanderungen weit hinaus auf das Land.

Die letzte Wanderung, die Maria und Ramiel unternahmen, machten sie einige Jahre danach, da waren sie wieder zurück in der Stadt. Sie war Anwältin geworden, und er arbeitete für die Verwaltung, Abteilung Ordnung und Sicherheit. Ramiel war Polizist geworden.

Er ließ eine Frau aus der Stadt schaffen, die auf der Straße arbeitete und die Männer in der Stadt um den Verstand brachte. Diese Frau biss einem Polizisten in die Hand und ging dann auf ihn mit einem Messer los, und Maria verteidigte diese Frau vor Gericht.

Sie liefen bei ihrer letzten Wanderung nicht ans Meer. Sie liefen in die entgegengesetzte Richtung, sie liefen in die Ebene, durch die großen Felder und an den Fabriken und an der Raffinerie und an dem Stahlwerk vorbei. Es war ein sonniger Tag.

– Ich glaube, ich bin der einzige Mensch auf der Erde, der ein Stahlwerk zum Vater hat, sagte Ramiel.

Sie sahen auf ihrem Weg durch die großen Felder den weißen Dampf, der aus den großen Schornsteinen der Fabriken in den blauen Himmel stieg, und den schwarzen Rauch der Gasfackeln und die am Horizont verschwindenden Rohre, die großen Pipelines.
– Zu Bacharach am Rheine lebte einmal eine Frau, sagte Maria, die hieß Loreley. Loreley war wunderschön, und sie sang wunderschön, und mit diesem Gesang brachte sie die Männer um ihren Verstand. Die Flussschiffer und Flößer verwechselten Steuerbord und Backbord, wenn sie den Gesang der schönen Loreley hörten, und so zerschellten tausend Schiffe an den Felsen bei Bacharach am Rheine.
Darum schickte man Reiter, die die Frau in den Kerker bringen sollten, aber wohin man sie auch brachte, am nächsten Morgen saß die Schöne wieder am Ufer des Flusses und sang noch schöner als je zuvor. Schließlich schickte der Bischof einen Reiter, der anders war als die anderen Reiter, und dieser Mann band die Frau oben auf dem höchsten Felsen über dem Fluss an einen Baum, während die Frau immer weiter sang und sang. Der Reiter sammelte Holz, und dort oben auf dem Felsen verbrannte er die Frau.
Ramiel schüttelte den Kopf.
– Aber der Rauch dieses Feuers liegt bis zum heutigen Tag als dichter Nebel über dem Fluss, und die Schiffe zerschellen weiter dort an den Felsen, und der Gesang

der brennenden Frau verstummte niemals, man hört ihn heute noch dort, wenn der Wind weht, sagte Maria.
– Aber so war es nicht, sagte Ramiel. Der Reiter verbrannte die Frau nicht. Und trotzdem zerschellt heute kein Schiff mehr bei Bacharach am Rhein. Der Fluss ist eine der wichtigsten Verkehrsadern der Zivilisation.
– Er schnitt ihr die Zunge heraus, sagte Maria.
– Er schnitt ihr nicht die Zunge heraus, sagte Ramiel.
– Er warf sie in einen Brunnenschacht, wo sie niemand mehr hören konnte und von wo es kein Entkommen gab.
– Er warf sie in keinen Brunnenschacht.
– Was tat er dann?, fragte Maria.
– Er setzte sie in ein Boot, und das Boot trieb mit der schönen Frau den Fluss hinunter und dann hinaus auf das offene Meer, und wo immer das Boot die Frau auch hingebracht haben mag, sie kam von dort nie mehr zurück.
– Ich verstehe, sagte Maria.
Sie folgte mit dem Blick den langen Rohren der Pipelines durch die Ebene.
– Aber so wird es nicht gewesen sein, sagte sie.
Maria gewann den Prozess.

Isabel stand oben auf der vorvorletzten Stufe der Leiter, sechs Meter über dem Hof. Alle sahen hinauf. Sie sah unten am Fuß der Leiter ihren Freund, sie sah ihren Vater, ihre Großmutter und ihren Großvater, der krank war und es nicht wusste, sie sah den Hund, der bellend um die Leiter herumsprang, und sie sah Darius Roth, der nur durch Zufall vorbeigekommen war und jetzt unten im Hof aufgeregte Vorträge hielt.

– Das ist keine Leiter, sondern nichts weniger als ein Meisterwerk, und nicht viele Meisterwerke der Kulturgeschichte wurden aus Holz geschaffen, nur die wenigsten, wie das Trojanische Pferd, nein, wie die Arche Noah!

Sie sah den Bruder ihres Vaters, Freddi. Freddi war stolz auf seinen Bruder, er war stolz auf die Leiter, als habe er sie selbst gebaut. Sie sah ihren Cousin Victor, der in dem Neuen Hotel arbeitete, von dem jeder wusste, dass dort hauptsächlich Prostituierte wohnten, sie sah ihre alkoholkranke Tante Clara, und sie sah über ihr Viertel, sie sah über die flachen Dächer der kleinen, oft nie ganz fertig gebauten Häuser, sie sah im Wind trocknende Wäsche, Wassertanks, Verschläge, Tauben- und Kaninchenkäfige, es war ein sonniger und windiger Tag. Sie sah die benachbarten Mietshäuser und in der Ferne den Wasserturm, das gewölbte Dach der alten Markthalle und das Stadion und noch weiter entfernt die Hochhäuser der »neuen Welt«:

– Wie ist es da oben?, rief Darius.

– Komm rauf und sieh es dir selber an, du wirst es nicht glauben!

– Oh, nein, kommt nicht in Frage, sagte Darius. Es könnte sich herausstellen, dass ich all die Jahre eine falsche Vorstellung davon gehabt habe, wie unsere Stadt von oben aussieht. Und das möchte ich nicht mehr erleben müssen.

Vadim von Reval und Riga durchwanderte in seiner Verzweiflung Wälder und Wüsten.
Er durchquerte Ozeane, er stieg hinab in die düstersten Schluchten und tiefsten Erdspalten, und er erklomm schneebedeckte Berge, um die Frau zu vergessen, die er liebte, und dann stand er eines Tages in einer Wüste aus Stein.
Hier war nichts, kein Tier, kein Grashalm, kein Sandkorn, nichts – hier waren nur Steine und Wind. Vadim stand inmitten dieses Nichts, und dieses Nichts sprang ihn an wie eine Bestie.
Vadim kämpfte mit der Bestie mit seinen bloßen Händen, aber er konnte sie nicht fassen, denn die Bestie war das Nichts zwischen seinen Fingern, und dann lag Vadim da und spürte den Atem der unsichtbaren Bestie in seinem Gesicht, und so lernte er die Sprache der Steine.

Man fand in den Schubladen des Schreibtischs der jungen, traurigen Frau, die sich in ihrem Büro aufgehängt hatte, eine Reihe von ungeöffneten Briefen. Diese Briefe waren Liebesbriefe, sie waren von Petja, Ramiels Sohn. In einigen dieser Briefe schrieb der Junge darüber, was er im Geschichtsunterricht gelernt habe. Er schrieb von einer spanischen Königin, Katharine von Aragon, Kastilien und Galizien und von einem litauischen oder lettländischen oder vielleicht auch estländischen König von Reval und Riga, die sich liebten, die aber nicht zusammenkamen, und später hatte die Königin sich dann einem anderen versprochen und hingegeben.

Im Herzen der Königin aber herrschte Dunkelheit. Den König von Reval und Riga nannte man auch den König der neunzigtausend Meilen, denn dieser König war jahrelang durch die Wildnis gewandert und hatte nur von Vogeleiern und wilden Beeren gelebt.

Diese Briefe las Ramiel, nachdem man sie in der Schublade des toten Mädchens gefunden und ihm gebracht hatte, und diese Briefe legte er vor Maria auf den Tisch in der fensterlosen Zelle im Keller des Untersuchungsgefängnisses. Maria las die Briefe.

– Wo mag er sein?, sagte sie. Wenn ich mich an den Gittern vor dem Fenster oben in der Zelle hochziehe, weißt du, was ich dann sehe, Ramiel?

– Nein, sagte Ramiel.

– Die Universität.

Ein paar Tage später kam Darius wieder auf den Hof. Er kam mit einem ernsten Gesicht und sagte zu Toni, er müsse ausnahmsweise heute selbst um einen Gefallen bitten, er müsse sogar um einen ungewöhnlich großen Gefallen bitten. Er brauche nun seinerseits eine Leiter, allerdings eine Leiter, die um das Doppelte höher sei als seine eigene Leiter, die Toni ja oft ausgeliehen habe.
Toni fragte nicht, wofür Darius die Leiter wollte. Er sagte, selbstverständlich.
Sie trugen die schwere, sechs Meter lange Leiter gemeinsam mit Philipp zu Darius.
Das war ein schwieriger, langer Weg, der durch eine Reihe von verwinkelten schmalen Gassen führte, die mit der langen Leiter nicht leicht zu nehmen waren. Am Ende stand die Leiter in Darius' Hof, gleich neben der schmalen Betontreppe, die zum Dach hinaufführte.
Toni fragte, wann er die Leiter wieder abholen solle, und Darius sagte, er werde selbstverständlich selbst die Leiter zurückbringen, höchstwahrscheinlich schon am nächsten Tag, und er werde alles daransetzen, dass Toni diesen schwierigen Weg nicht ein zweites Mal machen müsse, er werde Leute finden, die die Leiter zurückbrächten, aber, jetzt falle es ihm ein, am morgigen Tag

sei der Jahrestag, der Tag des großen Trauermarsches, und an diesem Tag seien helfende Hände schwer zu finden, wie Toni ja wisse, was für ein monströser Unfug, dieser Marsch!, niemals in seinem Leben werde er verstehen, welchen Sinn es haben solle, dass die ganze Stadt sich in dieser traurigen Erinnerung suhle und suhle wie Schweine im Schlamm, aber gut, so sei der Mensch.

Er machte eine kurze Pause.

– Der Mensch ernährt sich von *Kitsch*, sagte Darius. Der Mensch lebt von *Kitsch*.

Er betonte das Wort *Kitsch*, als sei er nicht sicher, ob Toni dieses Wort verstehe.

– Gut, sagte Darius dann, es könne also sein, dass es wegen des kolossalen Kitsches, den ein Marsch und *vor allem* ein Trauermarsch per se an sich habe, zu der bedauernswerten Situation kommen könnte, dass die Leiter erst am übernächsten Tag ihren Weg zurück in die Randbezirke der »Zwiebelschüssel« finden könne, ob dies im Bereich des Denkbaren sei?

– Machen Sie sich deshalb bitte keine Gedanken, sagte Toni.

– Aber was ist schon denkbar, und was ist undenkbar? Denkbar ist alles!, sagte Darius. Wichtig ist allein, dass Denkbares nicht plötzlich undenkbar wird und Undenkbares plötzlich denkbar. Denken wir nur allein an unser Stadion, einst Arena der Helden, das heute, man will es nicht denken, nicht glauben oder gar verstehen, ein Ort der Einsturzgefahr ist, ganz wie das *Savoy*!

Das *Savoy* war einmal der Stolz der ganzen Stadt, und dieser Stolz wuchs noch über sich hinaus, als man den Luxusschuppen, den gottverdammten *Top-Schuppen*, Kopfgeburt der Habgier, endlich in etwas Sinnvolles verwandelte, in einen Ort der *Heilung*, nämlich in ein städtisches Krankenhaus.

– Und weißt du, was, sagte Darius dann, immerhin ist eines sicher: Ein öffentliches Krankenhaus ist ein Monument der *Zivilisation*. Ein Krankenhaus ist das Gegenteil von *Kitsch*. Gehst du so weit mit, mein Freund? Manchmal sagt mir meine Frau, ich rede zu viel, viel zu viel, wechseln wir das Thema.

Dann sprachen sie über Sport und danach über die Schwierigkeiten, brauchbare Eisenwaren und Handwerkszeug zu kaufen. Gute Leitern, zum Beispiel.

– Es kann also auch übermorgen werden, bis die Leiter ihren rechten Weg findet.

Ganz am Ende des Gesprächs fragte Darius dann nach Tonis Frau, Maria. Er sagte, dass er sich umhören werde, vielleicht könne er etwas für sie tun, vielleicht könne er helfen.

Das Fieber des Jungen sank.
An manchen Tagen war der Junge inzwischen fast fieberfrei, aber dann konnte das Fieber plötzlich wieder in die Höhe schnellen, vor allem an den Abenden. Knapp 41 Grad zeigte das Fieberthermometer dann an.
Irina wickelte den Jungen dann in kalte nasse Tücher, und der Junge zitterte und weinte, bis das Fieber sank und er einschlief.
Es war eine sehr langsame Rückkehr ins Leben.
An einem Morgen wachte der Junge auf und fragte nach dem Hund. An diesem Morgen hatte der Junge kaum Fieber.
Irina sagte, der Hund sei nicht mehr da, sie glaube, der Hund habe ein Zuhause gefunden.
– Glaubst du das?, fragte der Junge. Glaubst du das wirklich? Ich glaube das nicht.
Es ging dem Jungen besser, aber das Fieber hatte ihn verändert. Er spielte leise in einer Ecke des Wohnzimmers, immer in der Nähe der Mutter, und dann stand der Fünfjährige plötzlich auf und ging zur der Tür mit dem Fliegengitter, die zu dem kleinen Garten hinter dem Haus führte. Dort blieb er stehen und sah hinaus, und dann kehrte er an seinen Platz im Wohnzimmer

zurück, spielte leise vor sich hin sprechend weiter, und dann stand er wieder auf und ging zu der Tür. Das machte er zehn-, zwölfmal in der Stunde.
Irina fragte den Jungen, warum er zur Tür gehe, obwohl sie wusste, warum er zur Tür ging.
– Ich schaue nach dem Hund, sagte der Junge.
– Der Hund kommt nicht, sagte sie.
– Das kannst du nicht wissen, sagte er.
– Der Hund kommt nicht, schrie sie den Jungen an. Sie verbot ihm, zu der Tür mit dem Fliegengitter zu gehen. Also blieb der Junge in der Ecke des Wohnzimmers sitzen, aber der Blick zur Tür blieb.
Eines Morgens fand sie einen Teller mit Essensresten hinter dem Haus, gleich neben der Tür.
Sie ging mit dem Jungen ins Krankenhaus. Der Arzt hörte sich die Geschichte an und sah Irina an.
Jeder in der Stadt wusste, was mit dem Hund geschehen war.
– Das geht vorbei, sagte der Arzt. Das geht vorbei.
Irina holte Dina ins Haus, und Dina strich dem Jungen über den Kopf.
– Dein Hund kommt nicht zurück, sagte sie, aber vielleicht kommt ein anderer Hund. Der Junge schüttelte den Kopf und sah zu der Tür mit dem Fliegengitter.
Ein paar Tage später begann der Junge, wieder auf der Straße vor dem Haus zu spielen. Er hatte am Straßenrand eine Fahrradfelge gefunden, ohne Reifen. Diese

Felge trieb er mit einem Stock vor sich her, und so lief er die Straße rauf und runter, immer wieder, rauf und runter, und dabei hielt er Ausschau nach dem Hund.

Ramiel hatte seine junge Frau Irina in dem Stahlwerk kennengelernt. Sie arbeitete dort in der Buchhaltung.
Jedes Jahr gab es im Stahlwerk ein Fest, das große Sommerfest. Ramiel ging dort jedes Jahr hin, denn das Stahlwerk hatte ihn großgezogen, es war sein Vater, wie er manchmal sagte.
Nach dem Arbeitsunfall, bei dem sein Vater ums Leben gekommen war, hatte die Leitung des Stahlwerks seiner Mutter jeden Monat etwas Geld geschickt. Das Stahlwerk hatte Ramiels Schulbücher bezahlt, seine Kleidung, seine Schuhe. Einmal oder zweimal im Monat kam jemand vom Werk bei ihnen zu Hause vorbei, um zu sehen, ob alles in Ordnung war, ob ihnen nichts fehlte.
– Ich habe dir etwas mitgebracht, sagte der Mann in dem Anzug aus dem Stahlwerk dann meistens zu Ramiel.
Ramiel ging seit seiner Kindheit jedes Jahr auf das Sommerfest. Er hatte »Frankie und die Pipeliner« dort spielen sehen, das war deren letzter Auftritt gewesen.
Viele Jahre später stand auf dem Sommerfest eine junge Frau in einem Rock und einer Bluse und mit dunklen, zusammengebunden Haaren vor Ramiel in der Schlange

vor dem Getränkestand. Ramiel und die junge Frau hatten, während sie an dem Getränkestand anstanden, nicht miteinander gesprochen. Sie hatte sich ein Wasser geholt und sich dann an einen der langen Holztische gesetzt, die man hinter dem Stahlwerk aufgebaut hatte. Sie war allein, und Ramiel setzte sich zu ihr. Sie hatte auf die Felder hinter dem Stahlwerk gesehen, auf die Fabriken in der Ferne.

– Komisch, dass man von hier aus den Fluss nicht sehen kann, hatte sie gesagt. Arbeiten Sie hier?

– Nein, hatte er gesagt.

– Gut, hatte Irina gesagt und gelächelt.

Sie wurden ein Paar. Er mietete später ein kleines Haus mit Garten, sie zogen zusammen.

Ramiel kaufte ein Auto, und er fuhr Irina jeden Morgen um halb acht hinaus zum Werk und holte sie, wenn er konnte, um fünf wieder ab. Wenn er nicht kommen konnte, nahm sie einen der Busse, die die Männer und Frauen nach der Arbeit vom Werk zurück in die Stadt brachten.

Zwei Jahre später war sie schwanger.

Es war eine glückliche Zeit.

Die meisten der Frauen, die in dem Gefängnis saßen, waren einfache Frauen ohne höhere Bildung.
Die Fälscherinnen und Betrügerinnen waren oft die klügeren und phantasievolleren Frauen, deshalb gefielen sie Maria, auch wenn den Fälscherinnen und Betrügerinnen nicht Marias Geschichten gefielen, weil sie nur wahre Geschichten mochten.
Eine der Frauen hatte sich für drei Jahre als Professorin der Germanistik an der Universität ausgegeben. Sie hatte selbst in ihrem Leben keinen Tag studiert, und doch hatte sie im Auditorium Maximum Vorlesungen gehalten, bei denen kein einziger Platz frei blieb, die Studenten hatten sogar auf den Treppen gesessen, um sie zu hören. Die falsche Professorin war kurz davor gewesen, Dekanin zu werden, doch dann entdeckte jemand, dass die Professorin niemals selbst eine Universität besucht hatte. Mit dieser Frau freundete sich Maria an, aber die Frau wurde nach wenigen Tagen in eine andere Stadt verlegt, und sie sah sie nicht wieder.
Sie saßen auf dem Hof, und die Frauen erzählten sich ihre Geschichten, eine Frau hatte versucht, ihren Mann umzubringen, eine Frau hatte ein Geschäft ausgeraubt, eine Frau hatte das Haus der Liebhaberin ihres Mannes

angezündet, und ihr Mann und die Liebhaberin waren darin verbrannt.
Wenn sie nicht darüber sprachen, was sie getan hatten, sprachen vor allem die Frauen, die aus den Dörfern kamen, viel über Heilige und Wunder. Maria saß dann dabei und sagte nichts. Sie hatte aufgehört, an Wunder zu glauben.
Die Frauen von den Dörfern mochten die Geschichten, die Maria erzählte, über den großen Kaiser Karl, Herrscher über hundert Völker, der jede Nacht in einem anderen Land schlief, aber sein Palast war in Neu York.
Die Frauen fragten viel. Sie fragten mehr als die Kinder in der Schule.
Wie kam es, dass König Vadim von Reval und Riga auf seiner Wanderung nicht verhungert sei? War es denn wirklich möglich, neunzigtausend Meilen durch Wälder, Wüsten, Gebirge und sicher auch durch Sümpfe zu wandern?
Doch diese Frauen stellten nicht nur Fragen nach dem König Vadim und der Königin Katharine von Aragon. Sie fragten auch ganz andere Sachen.
– Stimmt es, dass die Erde sich um sich selbst dreht? Wie kann das sein?
Maria konnte nicht alle Fragen dieser Frauen beantworten, aber sie begann, den Frauen auf dem Hof Unterricht zu geben.
Was ist der längste Fluss der Welt?

Wie funktioniert ein Elektromotor?
Was ist eine Sonnenfinsternis?
In einer Nacht, viele Tage, nachdem man sie nach der Hausdurchsuchung verhaftet hatte, schlossen zwei Wärterinnen Marias Zelle auf und führten sie auf den Hof.
Maria musste in einen Transporter steigen. Der Wagen fuhr die Küstenstraße entlang, in Richtung der Stadt, aber Maria wusste, dass man sie nicht nach Hause bringen würde.
Sie fuhren über die Eisenbrücke. Sie hörte das Schlagen der Metallroste auf den Querstreben. Als sie die Stadt erreichten und über die Neue Hauptstraße fuhren, wurde der Wagen langsamer.
Der Transporter hat ein kleines Fenster. Sie konnte die Menschen auf der Straße sehen. Es war schon spät, aber es war Freitagnacht, und überall saßen noch Leute auf der Straße, auf den Bordsteinen, vor der Markthalle, am Speicher. Die Leute standen an den Tresen der Bars und tranken Bier und Schnaps und Kaffee. Sie standen an den Schnellimbissen Schlange, das waren Stände in der Dunkelheit, von einer einzigen Leuchtstoffröhre erhellt.
Maria sah die Schlange der Menschen an der Eisdiele. Sie sah den Eingang des Krankenhauses, sie sah in dem hellen Licht ihre Schwester Vera, rauchend vor der Tür, in ihrem weißen Kittel.

Der Transporter bog in eine dunklere Seitenstraße, und von dort bog er in die Straße, die, seitdem es sie gab, keinen Namen hatte und deshalb »die nicht fertige Straße« genannt wurde. Vor Marias Haus hielt der Wagen für einen Moment, und die Frau glaubte, die Stimme ihrer Tochter zu hören, auf dem Hof hinter der Mauer. Dann fuhr der Transporter wieder an. Der Wagen fuhr zurück durch die Stadt. Man brachte sie zurück. An einer Straßenecke meinte sie, ihren Vater zu sehen.

Maria begann zu weinen. Sie wusste, was diese Fahrt in dem Gefangenentransporter zu bedeuten hatte.

Es war dieselbe Nacht, in der vor vielen vielen Jahren das »Tornado« geschlossen worden war und die Zwillinge gestorben waren. Maria hatte damals in der Menge vor dem Kino gestanden. Sie hatte auf Ramiel gewartet. Sie hatte gehofft, ihn zu treffen, obwohl sie nicht verabredet gewesen waren. Ramiel kam, aber er kam nicht, um mit Maria ins Kino zu gehen, sondern um das Kino zu schließen.

Frage eines Schülers: wie es möglich gewesen sei, dass Katharine von Aragon und Vadim von Reval und Riga sich verliebt hatten, denn sie konnten sich doch gar nicht kennen?
Antwort der Lehrerin Teil 1: Um sich zu verlieben, muss man sich nicht kennen.
Blick aus dem Fenster in die Sonne.
Antwort Teil 2: Besser, man kennt sich nicht.
– Aber um deine Frage zu beantworten, lieber Petja: Katharine und Vadim hatten sich in der Tat vor dem Tag, an dem der König von Reval und Riga zu der Königin von Galizien und Kastilien kam und um ihre Hand anhielt, bereits gekannt. Sie hatten gemeinsam studiert, in Paris. Es war damals guter Brauch, Königskinder aller Länder auf die Universität zu schicken. Und in einer Nacht in jener Zeit reisten Katharine und Vadim gemeinsam einen Fluss hinunter, und auf dieser Reise hatten sie sich ineinander verliebt.

Vera, die Ärztin, hatte vor dem Eingang des Krankenhauses gestanden, sie hatte Nachtdienst gehabt. Sie rauchte. Es war Freitagnacht. Ein grauer Transporter fuhr langsam an ihr vorbei, das war ein geschlossener Wagen mit einem vergitterten Fenster. Ein Wagen der Polizei, dachte die Ärztin. Sie bildete sich ein, für einen Augenblick das Gesicht ihrer Schwester hinter dem Fenster gesehen zu haben, aber das konnte kaum sein, mitten in der Nacht.

Die Sprache der Steine ist fast unhörbar. Sie kann heiser klingen, schroff, scharf und starr, plötzlich aber klingt sie melodisch und weich, hebt fast zu einem Summen an, dann aber wieder klingt sie hart und wie zerborsten, gebrochen.

Die Steine sprechen fast nur in der Vergangenheit.

Sie sprechen von Ewigkeit und Alter und Stillstand. Sie erinnern einander daran, dass sie einmal etwas anderes waren als kalte Steine, vor unendlich weit entfernten Jahren. Sie waren einmal flüssiges Feuer.

An diese Zeit vor Millionen von Jahren denken die Steine zurück, voller Wehmut. Jeder Stein trägt diese Erinnerung in sich, und die Erinnerung tut weh, sie ist so schmerzhaft, wie es schmerzhaft gewesen war, als die Steine zu dem erstarrten, was sie von da an waren: Gefangene in ihrer Form.

Wenn die Steine aber versuchen, von der Zukunft zu sprechen, gehen ihnen die Worte aus. Sie können sich keine Zukunft vorstellen, und deshalb können sie darüber nicht sprechen, sie können auf der Suche nach den passenden Worten dafür nur schreien, brüllen, und dann zerbersten sie manchmal, oder es bebt dann die Erde.

Am Jahrestag der Kämpfe im Französischen Viertel fand jedes Jahr ein Trauermarsch statt, um der toten Zwillinge zu gedenken.
Die ganze Stadt nahm an diesem Marsch teil. Bei diesem Umzug hatten sich Maria und Ramiel jedes Jahr gesehen, denn die Gewerkschaft der Lehrerinnen und die Gewerkschaft der Polizisten liefen zusammen mit den Ärzten und Feuerwehrleuten.
Manchmal begegneten sich Maria und Ramiel auch bei anderen Gelegenheiten zufällig auf der Straße, aber es gab Jahre, in denen sie sich nur an diesem einen Tag sahen.
Maria bekam das Kind, Isabel. Neben ihr liefen auf dem Trauermarsch ihr Mann Toni, das Kind auf den Schultern des Vaters und in späteren Jahren an seiner und ihrer Hand, und der Riese Erik, der Mann, dem sie damals das Leben gerettet hatten.
Ramiel lief über viele Jahre allein bei dem Marsch mit. Er trug auf dem Marsch seine Uniform, was er nicht oft tat. Später war seine erste Frau Julia für einige Jahre an seiner Seite bei dem Marsch dabei gewesen. Sie hatten einen gemeinsamen Jungen, Petja.
Ein paar Jahre danach hatte Ramiel seine erste Frau ver-

lassen, und dann hatte er in einem Sommer Irina kennengelernt. Irina war zwanzig Jahre jünger als er. Sie bekamen ein Kind, einen Jungen. Sie nannten den Jungen Elias. Dieses Kind trug Irina im ersten Jahr auf dem Marsch in einem buntem Tuch vor dem Bauch, das tat sonst niemand in der Stadt, und neben ihr ging Ramiel in der Uniform. Sie waren glücklich.

Der Marsch zog durch die ganze Stadt. Er begann am Nachmittag und endete in der Nacht.

Ramiel lief in diesem Jahr allein. Seine Frau war mit dem Jungen zu Hause geblieben.

Auch Ugo, der ehemalige Betreiber des Kinos »Tornado«, um dessen Freilassung aus der Polizeistation es damals bei der Straßenschlacht gegangen war, lief mit.

In den ersten Jahren war der Umzug ein stiller Trauermarsch gewesen, aber mit der Zeit hatte sich die Stimmung verändert, der Marsch verwandelte sich eher in eine Gelegenheit, alten Freunden und Bekannten zu begegnen.

Isabel und ihr Freund Philipp liefen in der Mitte des kilometerlangen Zuges. Isabel begrüßte viele Freunde von früher. Sie hielt Ausschau nach ihrer Kinderfreundin Cora, aber sie sah sie nirgends.

Isabels Freund sah in der Entfernung die Frau aus dem Hochhaus, die ihn in das Zimmer über der Stadt geführt hatte, in dem eine Biene über seine Hand gelaufen war. Die Frau winkte ihm zu.

Die Frau hatte aus dem Fenster auf das entfernte Dach der alten Markthalle gezeigt. Er hatte in den Ferne den einbeinigen Läufer in dem Stadion gesehen. Als er sich umdrehte, um die fremde Wohnung im elften Stock wieder zu verlassen, hatte die Frau ihn kurz an der Hand festgehalten.

In diesem Augenblick war ihm aufgefallen, dass das Zimmer noch ein zweites Fenster hatte. Es lag dem Fenster, aus dem er und die Frau hinab auf die Stadt gesehen hatten, gegenüber, aber hinter diesem Fenster sah man nichts, keine Stadt, keinen Himmel, hinter dem Fenster war es dunkel.

Natürlich sprach man auf dem Marsch über die schwimmende Stadt, was war das, war das ein Schiff, war das eine Fata Morgana, war die Stadt schwarz oder weiß?

– Was wird aus uns werden, wir schwimmen noch davon, sagte Lucia.

– Was aus uns werden wird? Nichts wird aus uns werden, wir kleben an dieser Erde wie Teer.

– Was weißt du über Teer, sagte Krystof, der früher einmal Straßen geteert hatte, bevor man dazu überging, die Straßen aus Beton zu gießen, wegen der Hitze im Sommer und der schweren Lastwagen.

An einer Hauswand im Französischen Viertel stand: Für die Zwillinge.

Darunter lagen Blumen. Es brannten Kerzen, die in dem Nachtwind flackerten.

Philipp hatte Isabel irgendwann erzählt, dass er sich an dem Tag, an dem er allein zum Markt laufen wollte, verlaufen hatte und dann mit der Frau in die Wohnung 10441 im elften Stock gelaufen war, aber er hatte ihr nichts von der Biene und den zwei Fenstern erzählt, weil er sich nicht sicher war, ob das alles nicht nur Einbildung gewesen war, und er hatte Isabel nicht erzählt, dass er an dem Tag, an dem sie mit Erik, dem Riesen, hinaus zu den Stromschnellen gefahren war, ein zweites Mal zu der Hochhaussiedlung gelaufen war und nach dem Zimmer gesucht hatte.

Er war stundenlang durch die Wohntürme geirrt. Alles hatte gleich ausgesehen. Er hatte die Wohnung 10441 und das Zimmer nicht gefunden.

Er hatte schließlich aufgegeben, war zurückgelaufen und hatte auf Isabel gewartet, aber Isabel kam in jener Nacht nicht zurück, weil der Wagen des Riesen auf der Rückfahrt von den Stromschnellen liegengeblieben war.

Philipp suchte nach Toni und fand ihn nicht. Er war dann hinüber zu dem Haus der Großeltern auf der anderen Straßenseite gelaufen. Mario, der Großvater, drehte den Fernseher leiser.

– Wenn sie mit dem Riesen losgefahren ist, bringt er sie auch zurück. Fragt sich nur, wann. Klingt für mich nach einem Kolbenfresser.
Er lachte heiser.
An diesem Abend sprach Mario vor allem über Meter-Spuren, 1000 Millimeter, Brasilien, Bolivien, Chile, Kenia, Togo, Senegal, Äthiopien. Madagaskar.

Darius hatte sich die Leiter ausgeliehen und gesagt, dass er sie am nächsten Tag oder am übernächsten Tag zurückbringen werde, aber dann meldete er sich nicht. Er meldete sich nicht am übernächsten Tag und auch nicht am überübernächsten Tag. Toni empfand es als unhöflich, den berühmten Mann an die Rückgabe seiner Leiter zu erinnern.
Es verging eine Woche, dann trafen Toni und Darius sich zufällig auf der Straße, und Darius sagte: Mein lieber Freund, es ist mir so unendlich unangenehm, wie soll ich es nur sagen, aber – manchmal ist alles einfach und gleichzeitig kompliziert. Verstehst du? Und dann wechselte Darius das Thema und sprach von Maria und dass er so gerne etwas für sie tun würde. Er sagte, er habe einen Freund beim Gericht, mit dem er versucht habe zu reden, bisher aber noch ohne Erfolg.
Als sich der Handwerker und der Schriftsteller das nächste Mal trafen, begann Darius wieder von dem Freund bei Gericht und dass der nicht zu erreichen sei, und Toni begriff, dass Darius ihn hinhielt.
Toni blieb freundlich, aber er sagte, dass er am Abend vorbeikommen werde, um die Leiter zu holen, er brauche sie selbst.

– Oh, ja, sagte der Schriftsteller, natürlich, selbstverständlich.
Als Toni mit Philipp dann am Abend bei Darius' Haus ankam, war Darius nicht da. Nur Darius' Frau war da. Sie sagte, sie wisse nicht, wo Darius sei und wann er wiederkomme. Toni sagte, das mache nichts, er wolle nur die Leiter abholen.
Die Frau stutzte.
– Die Leiter? Welche Leiter?
– Eine große Leiter aus Holz.
– Ah! Natürlich! Aber diese Leiter ist doch nicht mehr hier!, sagte die Frau.
Toni sagte, das könne nicht sein.
– Doch, sagte die Frau, die Leiter ist nicht mehr hier, ich kann nicht sagen, wo sie sie hingebracht haben, es tut mir sehr leid, dass Sie den Weg umsonst gemacht haben. Vielleicht möchten Sie warten, sagte die Frau dann, kommen Sie, setzen wir uns aufs Dach.
Darius' Frau war eine höfliche Frau, die weit weniger sprach als ihr Mann. Sie war die Tochter eines Richters, der früher einmal sehr wichtig in der Stadt gewesen war, und Toni hoffte, dass sie vielleicht auf Marias Verhaftung zu sprechen kämen, während sie auf dem Dach des Hauses auf Darius warteten, aber Darius' Frau streifte das Thema nur kurz und stand dann auf, um etwas mehr Wein zu holen.
Es wurde dunkel. Toni und Philipp und die Frau warte-

ten auf dem Dach. Sie sprachen über die Hitze, sie sprachen über den Winter, sie sprachen über das Wasser.
Es war etwa zehn Uhr, als Darius kam. Er öffnete das Tor zum Hof seines Hauses und rief von unten, Läufer von E7 auf C2! Wo bist du, mein Stern, mein Vogel, mein Alles?
– Wir sind hier oben, und wir haben Besuch, rief Darius' Frau.
Darius stieg die schmale Treppe zum Dach hoch und trat auf die Terrasse.
– Wo ich war? Fragt nicht. Ob ich gewonnen habe? Fragt nicht. Wie alt dieses bestialische Schachgenie war, das mich zerstäubt hat? Fragt nicht. Es war dreizehn Jahre, und es hieß Ludwig. Dürfen sich solche Bestien in Schachcafés nach acht Uhr aufhalten? Nein. Was tun sie, wenn sie trotzdem dort sind? Sie zernichten ernsthafte Literaten und glauben, das wäre gerecht. Sein Vater ist Schlosser, nein!, Klempner. Ich bin mit ihm, also mit dem Vater, unerträglicher Geselle, zur Schule gegangen, und ich bedaure, ihn nicht getötet zu haben, als er eines Tages auf dem Schulhof saß und ich einen ziemlich großen Stein in der Hand hatte, um ihm den Schädel zu zertrümmern, aber dann rief mich jemand zur Ordnung, das war Raimund, Sohn des Rektors und eine widerliche Petze vor dem Herrn.
Darius setzte sich auf eines der Sofas auf dem Dach. Er schwieg plötzlich wie erschöpft. Er schwieg etwa

fünf Minuten. Seine Frau hatte ihm ein Glas Wein gebracht.
Niemand sprach über die Leiter.
– In diesem Haus wohnte einmal ein Artist, sagte Darius dann. Wusste das schon jemand? Ich habe ihn noch gekannt, er hat uns kurz vor seinem Tod das Haus verkauft. Dieser Mann nannte sich Roberto, und er führte sein ganzes Leben lang ein und denselben Trick vor: Er ließ eine Frau verschwinden.
Es war seine eigene Frau, also seine Ehefrau. Die Ehefrau hieß Martha. Er ließ sie verschwinden, und dann zauberte er sie wieder hervor.
Ich weiß nicht, ob es auch seine Mutter oder seine Tochter oder seine Schwester hätten sein können. Roberto ließ ausschließlich seine Frau verschwinden, egal wo, egal wann, in einem Zirkuszelt, in einem Zimmer, auf der Straße, hier auf der Terrasse, vermutlich. Es gab scheinbar keinen doppelten Boden. Das Paar wurde alt, und dann starb eines Tages Robertos Frau, und er führte den Trick nie mehr vor. Nie mehr. Aber, und das hat er mir selbst erzählt, da war er schon steinalt, in all den Jahren hatte er eines nie herausgefunden, nie: Wo seine Frau war, nachdem er sie hatte verschwinden lassen.
Er konnte sie verschwinden lassen, und er konnte sie wieder hervorzaubern, so, mit einer Handbewegung, aber *wohin* er sie verschwinden ließ, wo sie war, nachdem er sie hatte verschwinden lassen – das wusste er nicht.

Er wusste es einfach nicht. Er sagte, er habe sie wieder und wieder gefragt, aber sie habe es ihm nie gesagt.
Der Schriftsteller hielt kurz inne, um in den Gesichtern seiner Zuhörer zu lesen, ob sie ihn auch wirklich verstanden hatten.
– Man muss sich das so vorstellen, fuhr er dann fort, Roberto und seine Frau Martha sitzen nach der Vorstellung in der Garderobe, und beide sind etwas erschöpft, und dann, nach einem längeren Schweigen, fragt der Mann die Frau etwas, das ihn schon länger beschäftigt: Sag mal – du, sag mal, kann ich dich etwas fragen? Und sie sagt: Ja, natürlich, was denn? Was willst du mich fragen? Er: Wenn ich dich – also – wenn ich die Handbewegung mache – er deutet die Handbewegung an, die er immer macht – also, wenn ich die Handbewegung mache und dich verschwinden lasse – also – dann lasse ich dich ja nicht verschwinden, sondern du – du bist dann einfach –
Ja, sagt sie, was –
Was ich wissen möchte ist, was du – wie du – wo du – wo du dann bist, wenn ich dich verschwinden lasse.
Martha, die Frau lacht auf.
Nein, wirklich, wo du dann bist – das würde ich gerne wissen, sagt Roberto, ich habe keine Ahnung, was du machst, wenn du nicht da bist – sag doch mal – und dabei sieht er seine Frau hilflos an.
Er weiß, es gibt etwas, das sie niemals teilen werden.

Sie wird ihm immer fremd sein … verstehen Sie, was ich sagen will?, sagte Darius dann und sah dabei Isabels Freund in die Augen.
– Ja? Nein? Also gut, ich persönlich verstehe es auch nicht, aber der alte Roberto hat es mir selbst erzählt. Was soll man da machen?
Der Schriftsteller fiel wieder in Schweigen.
– Wissen Sie, was?, sagte er dann, und danach sagte er wieder für lange Zeit nichts mehr.
– Diese Leiter ist ein Kunstwerk, sagte er dann. Halleluja, sie ist ein großes Werk. Sie ist ein *wirkliches* Werk. Diese Leiter ist ein Kunstwerk.
– Danke, sagte Toni, das ist sehr nett, dass Sie das sagen, eigentlich wollte ich Sie gar nicht lange aufhalten, ich wollte nur die Leiter wieder abholen, wie verabredet, ich hoffe, das belästigt Sie nicht.
– Belästigung? O nein, welche Belästigung! Mich treibt etwas ganz anderes um, lieber Freund, Spender des Lichts in diesem Hause, und das, was mich umtreibt, ist *Sorge*.
– Sorge, welche Sorge?
– Die Sorge um die Stufe Nummer 523.
– Warum, hält sie nicht? Hält die Stufe nicht?
Darius stand auf und sah in die Ferne.
– Das Problem ist: In der wahren Welt verschwindet nichts. Es wechselt nur seinen Ort und seine Bedeutung und vielleicht seine Form, und hier geht es mir nur ein-

zig und allein darum, dich, meinen Freund, Schöpfer des Lichts, zu schützen; zu schützen und zu schützen und nichts weniger als das, denn das Problem besteht in dem Folgenden:
Diese Stufe mit der Nummer 523 gehört wie auch die ganze Leiter vermutlich nicht dir. Diese Leiter ist ein zusammengeklautes Ding höchster Meisterschaft, aber sie ist gleichzeitig der klare Beweis von Diebstahl und Plünderei.

Der Bahnhof hatte einen Direktor, der die Dienstpläne machte und die Gehälter auszahlte. Diesen Mann nannten die Arbeiter die Spinne, dabei hatte er nichts von einer Spinne an sich. Er war ein zu dicker Mann mit kurzen Beinen, und manchmal bekam er aus dem Nichts Kopfschmerzen.

Die Arbeiter sagten von ihm, dass eine Spinne in ihm lebe, eine Spinne sei im Schlaf in seine Nase gekrochen, und von dort weiter in die Höhlen seines Kopfes und seines Körpers. Daher kämen seine plötzliche Anfälle rasender Kopfschmerzen.

Das Büro des Bahnhofsdirektors lag in einem turmähnlichen Aufbau unter der großen Uhr an der Frontseite des Bahnhofs. Der Direktor konnte von seinem Büro in alle vier Himmelsrichtungen schauen. Er konnte die Züge aus der Ferne kommen sehen. Er konnte die Züge in der Ferne verschwinden sehen. Der Direktor war die meiste Zeit des Tages allein in dem Büro. Er hörte in seinem Büro das Uhrwerk der großen Bahnhofsuhr. Manchmal verfiel er in seinem Büro in minutenlange Starrheit, wie gelähmt, wie in einen Schlaf mit offenen Augen.

Man nannte ihn schon lange »die Spinne«, obwohl der

Direktor sagte, dass, wenn es je eine Spinne in seinem Kopf gegeben hätte, diese längst tot sein müsse, denn wovon sollte die Spinne in seinem Inneren leben?, und dann sahen ihn die Arbeiter schräg an, denn sie waren überzeugt davon, dass die Spinne in ihm am Leben war. Sie glaubten, dass die Spinne ihn langsam im Laufe der Jahre aussaugte.

An der Wand des Bahnhofsdirektors hingen Pläne der Gleise und der Abstellgleise und der Weichen. Es hing ein großes schwarzes Brett an der Wand mit Steckkarten. Das war der Dienstplan mit den Namen der Arbeiter. Eine der Steckkarten lag auf seinem Schreibtisch. Das war Marios Steckkarte. Mario hatte an diesem Tag Dienst, aber er war nicht zur Arbeit gekommen. Der Bahnhofsdirektor und Mario kannten sich fast ihr ganzes Leben lang. Als Mario bei der Bahn als Sechzehnjähriger angefangen hatte, war der Bahnhofsdirektor sein Vorarbeiter gewesen. Sie teilten die Begeisterung für alles, was mit Schienen zu tun hatte: Spurbreiten, Lokomotiven, Fernzüge, Güterzüge, Straßenbahnen, Weichen und Stellwerke und Streckennetze in der ganzen Welt.

Vadim versuchte die Sprache des Mondes zu erlernen, aber viele viele Nächte lang schien dem König von Reval und Riga die Sprache des Mondes gar keine Sprache zu sein, sondern nichts als ein silbernes Gespinst, ein ferner Klang, ein Echo.
Die Sprache des Mondes ist keine Sprache aus Fragen und Antworten, aus Beschreibungen, Gegensätzen, Wiedersprüchen und Ausrufen. Die Sprache des Mondes kennt weder das Wort »Ja« noch das Wort »Nein«, und deshalb war es für den König von Reval und Riga lange Zeit unmöglich, diese Sprache zu lernen.
Die Sprache des Mondes ähnelt einem Wispern, einem Flüstern in der Luft, doch der Klang der Sprache verändert sich mit jeder Nacht, er nimmt zu und ab. Der Mond spricht niemals von der Sonne, niemals vom Tag, er spricht nur von der Nacht, von Wandel und Hoffnung und Sehnsucht und Liebe, und er gibt Versprechen, die er niemals hält und doch gleichzeitig erfüllt.
Die Sprache des Mondes erschien Vadim von Reval und Riga die schönste aller Sprachen, aber die Sprache des Mondes ist gefährlich wie die Sprache der Sonne, denn verirrt man sich in ihr, findet man aus ihr nicht mehr heraus.

– Dieser König, der neunzigtausend Meilen gelaufen ist, gab es den wirklich?, fragte Dina. Isabel sagte nichts.
– Das heißt, es gab ihn nicht? Heißt das, sie hat ihn sich ausgedacht, und ich habe es geglaubt?
– Kann sein, sagte Isabel.
– Warum hat sie das getan?, fragte Dina.
Dina hatte den Ring gefunden.
Sie hatte sich einen Namen damit gemacht, verlorene Dinge zu finden, etwa den verlorenen Schlüssel für den Schuppen hinter dem Haus von Josefa John.
Der Alte sprach zu ihr im Schlaf und führte sie zu der Stelle im hohen Gras, wo der Schlüssel lag.
Sie hatte Wilhelm, den Vater des Kutschers Hans, vom Rheuma geheilt. Sie hatte Darius Roths Frau von einem sonderbaren Ausschlag geheilt, der über Nacht am ganzen Körper ausgebrochen war. Sie hatte Irinas Mutter, Lydia, gesagt, dass Irina den Hund töten müsse und dass dann das Fieber fallen werde. Das Fieber war gefallen.
Sie konnte nichts gegen die Krankheit tun, die Mario langsam umbrachte.
Sie hatte nicht das Mädchen aufhalten können, das auf den Schreibtisch stieg und sich erhängte. Sie hatte nicht vorhergesagt, dass man Maria abholen würde.

Hans, Fuhrwerksbesitzer und Kutscher in der dritten Generation, war einer der wenigen, die die Stadt auf dem Meer mit eigenen Augen gesehen hatten. Die Stadt war schwarz, sagte er, wenn ihn jemand fragte, aber manchmal dachte er, dass sie vielleicht doch weiß gewesen sei. Dass nur der Schatten der aufziehenden Gewitterwolken ihn getäuscht habe.

– Ich würde einiges darum geben, das noch einmal zu sehen, sagte er, und Wladimir, Bootsbesitzer, sagte: Wem sagst du das.

Hans fuhr von dem Tag an, an dem er die Stadt das erste Mal gesehen hatte, immer wieder ans Meer. Oft fuhr er früh am Morgen, denn am Vormittag hatte er so gut wie keine Kundschaft. Manchmal fuhr er schon in der Dämmerung, noch vor Sonnenaufgang.

An einem der letzten Abende, bevor er starb, stellte Mario Philipp einige sehr genaue Fragen zu der Straßenbahn von Leipzig, der Tatra-Bahn, die er nicht beantworten konnte, die der Großvater sich dann aber nach einem Moment des Wartens fast lithurgisch selbst beantwortete.

Philipp wusste so gut wie nichts über die Tatra-Bahn, Mario hingegen wusste fast alles über diese Züge, vor allem über die Baureihen und Generationen, die Typenbezeichnungen, über den T2D und den T5A5, nur als Prototyp gebaut, und über die Unterscheidung zwischen Triebwagen und Beiwagen und Gelenkzügen und Einrichtungswagen und Zweirichtungswagen.

Der Alte zählte lachend und kopfschüttelnd die verschiedenen Typenbezeichnungen auf, nach denen er gerade noch gefragt hatte, er hörte nicht auf, den Kopf zu schütteln und die unterschiedlichen Wagentypen aufzuzählen, und er sprach über die Wagenkastenbreite und die Drehzapfenabstände (6,7 Meter oder 7,5 Meter oder auch Typ A oder Typ B) und die Spurbreite der Tatra-Bahnen.

– Ich bin nie mit einer dieser Bahnen gefahren, sagte er dann. Nie. Aber die Ingenieure, die diese Bahn gebaut haben, kamen einmal zu uns. Aus Prag. Aus Prag!, wiederholte er.

Und dann sagte er zuletzt: Ist es wirklich wahr, dass ihr Züge habt, die mitten durch die Stadt fahren?

Anna hatte entschieden zu verreisen, aber sie hatte Frankie Weiss nichts davon gesagt. Sie war seit Jahren nicht mehr verreist, weil in all den Jahren Frankie Weiss nie verreist war.

Sie war sich nicht sicher, ob sie von der Reise zurückkommen würde, denn laut der Ärztin stand es schlecht um sie, und die Ärztin hatte das zweite Gesicht, wie die Leute sagten.

Sie wollte zurück in die Stadt, in der sie gelebt hatte, bis sie siebzehn war. Dann hatten »Frankie und die Pipeliner« in der Stadt gespielt, und Anna war mit Frankie weggegangen. Sie hatte ihre Mutter nie wieder gesehen, denn die starb ein halbes Jahr später mit vierunddreißig Jahren im Seitenwagen eines Motorrads bei einem Unfall.

Anna putzte Frankies Haus in der »Pfütze« und stellte sein Essen warm. Frankie war nicht da, er war bei einem Radiosender, zum ersten Mal seit dreißig Jahren. Frankie hatte drei neue Lieder geschrieben. Es waren schöne, traurige Lieder, eher Balladen, sie waren ganz anders als die Sachen, die Frankie früher mit der Band gespielt hatte. Frankie begleitete sich selbst am Klavier oder jetzt in dem Rundfunkstudio an einem Flügel.

Anna hörte das Programm im Radio.
– Wo sind Sie all die Jahre gewesen, Frankie?
– Hier, ich war immer hier. Meine Frau und ich haben ein kleines Haus, unten in der »Pfütze«.
– Ist das das Haus, das sich in Luft auflöst, wie es in einem der Lieder heißt?
– Das ist das Haus, ja.
– Wann kommt die neue Platte, Frankie?
– Ich glaube nicht, dass es eine neue Platte geben wird. Eher löst sich vorher das Haus auf. Es verschwindet.
Anna ging nach der Radiosendung zu Irinas und Ramiels Haus. Sie sah den kleinen Jungen, der vor dem Haus mit einem Reifen spielte. Sie strich ihm über den Kopf, während sie mit Irina ein paar Worte wechselte. Sie hatte viele Stunden neben dem kranken Kind gewacht, aber jetzt schien der Junge sie nicht zu erkennen.
– Hey, bin ich durchsichtig, oder was? Gib mir einen Kuss, schreckliches Kind.
Der Junge lachte.

Ruth lief »die nicht fertige Straße« hinunter und nahm dann den Pfad durch die »Zwiebelschüssel«, bis sie die Neue Hauptstraße erreichte. Die Neue Hauptstraße teilte die Stadt.
Sie überquerte die Straße und kam in das angrenzende Französische Viertel. Das Französische Viertel war das älteste Viertel der Stadt. Manche der Straßen in dem Französischen Viertel waren sehr eng, nicht breiter als einen Meter, und dann öffneten sich plötzlich Plätze, breitere Straßen.
Die Leute saßen vor den Cafés. Sie ging an den beleuchteten Auslagen der Geschäfte vorbei.
Vor vielen Jahren hatte ihr Mann Mario einmal hier einen Ring für sie anfertigen lassen. Er war nicht einmal zwanzig gewesen und hatte in seinen ölfleckigen Eisenbahnerhosen auf dem Rückweg von der Arbeit das Geschäft der Goldschmiede Glaser & Glaser betreten.
Ruth ließ das Französische Viertel hinter sich und kam in eine Villengegend. Hier standen große, alte Häuser mit hohen Portalen und großen Fenstern, hinter denen Kronleuchter brannten. Hier wohnten die besten Familien der Stadt. Ruth kam nicht oft in diese Gegend, und sie hatte in ihrem Leben niemals eines dieser Häu-

ser betreten. Man nannte das Viertel Sankt Katharinen. Sie kannte nicht die genaue Adresse des Mannes, den sie suchte. Am Straßenrand saß in der Dunkelheit eine Frau, die rauchend Blumen verkaufte und gleichzeitig ein Kind stillte. Diese Frau wusste, welches Haus das Haus des Mannes war, den Ruth suchte.

– Warum hört hier nie jemand Radio?
– Hört hier niemand Radio? Ich glaube schon, dass manche Leute Radio hören.
Isabel machte ein kleines Transistorradio an, das in der Küche stand. Es lief eine Sendung mit Frankie Weiss.
– Frankie Weiss! Hör dir das an!
Sie lachte.
– Wer ist Frankie Weiss?
– Weißt du nicht, wer das ist?
– Nein, nie gehört.
– Wir haben ihn neulich kennengelernt, auf dem Dach bei Darius Roth.

Der alte Gerichtspräsident war fast neunzig Jahre alt. Er sah sich im Spiegel an. Er hatte zuvor unerwarteten Besuch bekommen von einer alten Frau. Die Frau hatte draußen vor dem hohen Zaun seines Hauses gestanden und zur Veranda heraufgesehen, auf der der alte Gerichtspräsident oft die Abende verbrachte.

– Herr Präsident, verzeihen Sie, dass ich Sie zu dieser Stunde belästige.

Früher, als er noch beim Gericht gearbeitet hatte, waren solche Bittstellerbesuche im Schutz der Dunkelheit häufig gewesen, so häufig, dass er dazu übergehen musste, abends nicht mehr im hohen Portal seines Hauses zu sitzen, damit man ihn nicht von dem Zaun aus sehen konnte, aber das war lange vorbei. Es war schon seit Jahren niemand mehr zu ihm gekommen.

– Wir kennen uns nicht, Herr Präsident, was sehr bedauerlich ist. Ich bin Ihre Patentochter, hatte die Frau dann gesagt. Ich bin die Tochter der Tochter einer Schwester Ihrer Mutter, Großtante Alice. Mein Name ist Ruth. Ich bin die Mutter der Lehrerin Maria, die man verhaftet und weggebracht hat, und seitdem hat niemand mehr von ihr gehört.

Der alte Gerichtspräsident hatte die Frau ins Haus gebeten. Sie hatten einander gegenüber in der Bibliothek gesessen. Er hatte ihr etwas zu trinken angeboten, und sie hatte abgelehnt. Sie war seine Patentochter. Er hatte sie ein einziges Mal in seinem Leben gesehen, bei ihrer Taufe vor über sechzig Jahren. Der alte Gerichtspräsident hörte die Frau an und sagte ihr dann, dass er nichts für sie tun könne, denn es stehe nicht in seiner Macht, in Ermittlungen einzugreifen, und das habe er auch niemals getan.

Die Frau hatte gesagt, dass sie ihn niemals darum bitten würde, in Ermittlungen einzugreifen, nicht im Entferntesten. Das Einzige, worum sie ihn bitte, sei, ob es nicht möglich sei, in Erfahrung zu bringen, was ihrer Tochter vorgeworfen werde, denn es gebe keinen erdenklichen Grund, warum man sie verhaftet habe. Ohne Zweifel handele es sich um ein Missverständnis, vielleicht eine Verwechslung oder eine Verleumdung oder um einen Akt der Willkür.

Das Wort »Willkür« gefiel dem alten Gerichtspräsidenten nicht, denn er glaubte zutiefst an das schützende und ordnende Recht.

– In all den Jahren, in denen ich zu Gericht gesessen habe, sagte er, in all den Jahren habe ich nicht einen, nicht einen einzigen Angeklagten erlebt, der nicht irgendwann das Wort Willkür im Mund geführt hätte.

Die alte Frau vor ihm auf dem Stuhl in der Bibliothek hatte geschwiegen.

Der alte Gerichtspräsident erinnerte sich an die Taufe, an damals, als die alte Frau, die jetzt vor ihm saß, ein Säugling von ein paar Wochen gewesen war und er junger Student des Rechts an der Universität.

Sie sprachen dann noch ein wenig über die Familie. Er konnte sich gut an Ruths Großmutter erinnern, das war die jüngere Schwester seiner Mutter gewesen.

Er führte sie hinaus. Sie blieben auf der großen Veranda der Villa stehen und verabschiedeten sich.

Als sie gegangen war und er zurück ins Haus ging, fiel sein Blick in einen großen Spiegel, der im Halbdunkel der Vorhalle hing. Für einen Moment glaubte der alte Mann, dass an dem Spiegel Tropfen hinabliefen, als ob der Spiegel weinte. Der alte Mann erschrak und streckte unwillkürlich die Hand nach seinem Gesicht im Spiegel aus, als ob er es so berühren könnte.

An dem darauffolgenden Tag hatte Mario früh morgens beschlossen, wie schon einmal ein paar Tage zuvor, nicht zur Arbeit an den Gleisen zu gehen. Das war in den vergangenen fünfzig Jahren nicht oft vorgekommen, so gut wie nie, aber Mario fühlte sich nicht gut, er hatte Schmerzen.

Er hatte in der Nacht zuvor kaum geschlafen. Morgens um drei war er mit dem Gefühl aufgewacht, dass in der Nacht seine älteste Tochter Maria zurückkäme, dass man sie zurückbrächte.

Er war vor das Haus getreten, aber da war niemand, und in dem gegenüberliegenden Haus von Maria und Toni war alles dunkel. Es tat ihm weh zu atmen.

Er sah am Ende der Straße ein Kind, das einen Reifen mit einem Stock vor sich hertrieb. Dieses Spiel hatte er selbst als Kind gespielt. Er wunderte sich, denn das war ein Spiel, das die Kinder nicht mehr spielten. Er hatte lange kein Kind mehr gesehen, das einen Reifen vor sich hertrieb, und schon gar nicht mitten in der Nacht.

Im Morgengrauen beschloss er, seine Tochter im Gefängnis zu besuchen, denn er spürte, dass ihm nicht mehr viel Zeit im Leben blieb.

Als seine Frau Ruth aufwachte, war Mario schon unterwegs. Er lief über die eiserne Brücke und grüßte den Posten, und der Posten grüßte zurück. Sie kannten sich.

Um diese Uhrzeit war kaum jemand unterwegs. Mario hoffte darauf, an der Landstraße in der Ebene einen Bus oder einen Lastwagen mit Arbeitern anzuhalten, um ein Stück mitzufahren.

Die Sonne ging auf. Er lief auf der Straße durch die grüne, zugewachsene Ebene in Richtung des Meeres. Er ging im Kopf die Bezeichnungen der Tatra-Bahn durch und lachte dabei.

Dann blieb er stehen, weil ihm plötzlich einfiel, wie alles früher war, als er noch getrunken hatte. Er erinnerte sich an Gesichter, an die er seit langer Zeit nicht mehr gedacht hatte. Er dachte an seine Mutter, das hatte er sehr lange nicht mehr getan.

Er dachte an seine Tochter Maria. Als man ihm erzählt hatte, dass seine Tochter Maria, studierte Juristin, als Lehrerin anfangen würde, hatte er aufgelacht. Er dachte an den Ring, den er seiner Frau Ruth einmal geschenkt hatte.

Mario dachte an seine zweite Tochter Vera, die ihm nicht sagen wollte, wie krank er war, und er dachte an seine dritte Tochter Clara, die einen kleinen Jungen hatte, aber fast so viel trank, wie er es früher getan hatte. Sie hatte diese Krankheit von ihm geerbt.

Seine Tochter Clara sprach etwa acht Sprachen. Von seinen drei Kindern liebte er Clara am meisten. Er und sie waren sich ähnlich.
Clara hatte nach dem Studium schnell Arbeit gefunden, und dann war sie in ein Dorf in der Nähe der Raffinerie gezogen. Sie hatte in ihrer Abteilung einen Mann kennengelernt und geheiratet. Das Paar bekam jahrelang keine Kinder, obwohl es sich Kinder wünschte, und dann war Clara mit Anfang vierzig plötzlich schwanger gewesen. Während der Schwangerschaft trank Clara nicht, aber am Tag nach der Geburt des Jungen fing sie wieder damit an. Der Junge hieß Michael.
Clara folgte festen Regeln. Sie trank nicht vor dem Kind, und sie trank nicht bei der Arbeit. Sie trank nicht im Haus ihrer Eltern. Aber sie trank auf dem Weg von der Arbeit nach Hause, und sie trank, wenn der Junge schlief. Sie schlief zu wenig, aber trotzdem machte sie ihre Arbeit gut. Man schickte sie als Dolmetscherin mit auf Dienstreisen, und auf diesen Dienstreisen trank sie noch mehr als sonst, und wenn sie dann zurückkam, war sie vollständig erschöpft. Der kleine Junge, Michael, freute sich, dass seine Mutter wieder da war, und sie freute sich auch.
Wenn sie am Güterbahnhof war, um Lieferpapiere zu unterschreiben, besuchte sie ihren Vater bei der Arbeit. Mario stieg dann vom Kran, umarmte seine Tochter und hielt sie lange und fest in seinen Armen.

– Meine kleine Tochter, sagte er, wie schön, dich zu sehen. Konichiwa.
– Das ist japanisch, Papa, ich kann kein Japanisch.
– Aber ich!, sagte er dann. Beide lachten.
Mario dachte auf dem Weg zur Küstenstraße an den Bahnhof, an den Kran, an die Rangierloks und die Güterwagons im Licht der Scheinwerfer bei Nacht.
Es kam ein Lastwagen, aber der Wagen fuhr an dem alten Mann vorbei.
Mario erreichte die Stelle, an der die Straße durch die Ebene auf die Küstenstraße stieß. Hier blieb er stehen. Er wollte hier warten, bis ein Bus die Küstenstraße entlangkommen würde. Er stand an der Kreuzung und sah hinaus auf das Meer.
Es wehte ein leichter Wind. Mario dachte an den Hafen, den man hier immer hatte bauen wollen und nie gebaut hatte.
Er suchte den Horizont ab. Alle hatten in den vergangenen Wochen über die schwimmende Stadt auf dem Meer geredet, ein Gebilde aus Eisen und aus Stahl, ein Berg aus Rohren und Gängen und Treppen, aber da war nichts.

Die Sprache der Blätter ist eine übermütige Sprache, sie ähnelt einem Schnattern, einem aufgeregten Hin und Her. Sie klingt wie das Geschrei von Kindern auf einem vollen Schulhof in der großen Pause. Im Frühling ist es unmöglich, diese Sprache zu erlernen, denn alle Blätter sprechen durcheinander, keine einzelne Stimme ist zu verstehen, und jede Generation von knospenden Blättern glaubt, die Welt würde gerade erst geboren, weshalb die Blätter ihre Sprache in jedem Jahr neu erfinden, sie erfinden jedes Frühjahr neue Wörter für den Wind, für den Regen, für die Ameisen, für die Sonne und für den Mond.
So wächst und wächst die Sprache der Blätter im Frühjahr, bis sie im Sommer strahlt und leuchtet und tost.
Dann aber, im Herbst, wenn die Tage kürzer werden, vereinzeln sich langsam die Stimmen der Blätter.
– Was geschieht mit uns?, rufen sich die Blätter zu.
– Was wird aus uns werden?
– Lebt wohl!, rufen sie, während sie zur Erde fallen. Lebt wohl!
– Im nächsten Jahr sehen wir uns wieder! Bis dahin!
Die Blätter ahnen nicht, dass es für sie keine Rückkehr gibt.

Ruth trat in das Büro. Sie war noch nie in dem Büro des Mannes gewesen, den die Bahnarbeiter die Spinne nannten. Sie trug schwarz. Als sie das Büro betrat, stand der Bahnhofsdirektor hinter seinem Schreibtisch auf. Sie sagte: Mario ist tot.

Vera hatte ihrem Vater nichts von der Krankheit gesagt, und Mario hatte ihr nichts von den Schmerzen erzählt und nichts von der Atemnot, aber Vera wusste, in welchem Stadium der Krankheit ihr Vater war, und er wusste, dass sie es wusste. Die Schmerzen waren furchtbar, manchmal wurde er fast blind vor Schmerz. Wenn er sich von den Schmerzen ablenken wollte, dachte er an die Spurweiten der Eisenbahnen in der ganzen Welt oder an die Tatra-Bahn. Vera kam oft zu Besuch und ließ, wenn sie wieder ging, starke Schmerzmittel auf dem Küchentisch liegen, als habe sie sie dort vergessen. An einem der letzten Tage hatte sie gefragt, ob er nicht Lust habe, mit ihr einen Schnaps zu trinken.

– Nein, danke, hatte er geantwortet und gewusst, dass er bald sterben würde.

Mario war kein gläubiger Mensch, er hatte keine feste Vorstellung vom Tod, er glaubte weder an das Paradies noch an die Hölle. Der Tod erschien ihm in den letzten Tagen und Wochen seines Lebens wie das Dunkel jenseits des Lichts der Scheinwerfer, wenn er und die anderen bei Nacht die Fracht eines Güterzugs verluden, und dieses Dunkel außerhalb des Lichtkreises der Scheinwerfer machte ihm zunehmend Angst, auch wenn er

wusste, dass sich dort nach Sonnenaufgang kein anderes Bild bot als an jedem anderem Tag: Schienen, Weichen und hochgewachsenes Unkraut im Gleisbett.
Mario hatte Angst, aber er sprach mit niemandem über diese Angst, nicht mit seinen Töchtern, auch nicht mit Ruth, der Frau, mit der er seit über fünfzig Jahren zusammenlebte, und auch nicht mit der Spinne, seinem Chef, der gleichzeitig sein Freund war, seit er mit sechzehn bei der Eisenbahn angefangen hatte.
Es war Hans, der Kutscher, gewesen, der Mario an dem Morgen an der Küstenstraße gefunden hatte. Er hatte ihn ins Krankenhaus gebracht. Vera hatte Dienst.
Sie bestätigte an jenem Morgen den Tod ihres eigenen Vaters, Krebs im Endstadium, Herzstillstand.

Der Grund ihrer Reise hierher war ursprünglich die Krankheit und der bevorstehende Tod ihres Großvaters gewesen, aber Philipp war überrascht, wie wenig es Isabel und auch den anderen Mitgliedern der Familie zu bedeuten schien, als Mario dann wirklich gestorben war.

Es weinte niemand. Es schien nicht getrauert zu werden. In Ruths und auch in Veras und Claras Gesicht stand eher eine Art spöttischer Verbitterung, und Isabel übernahm diesen Ausdruck von ihrer Großmutter und ihren Tanten. Es wurde so gut wie nicht über den Tod gesprochen. Es schien, als sei der Tod des alten Mannes keiner weiteren Erwähnung wert. Nur an dem Nachmittag des Tages, in dessen Morgenstunden Mario außerhalb der Stadt am Rand der Küstenstraße gestorben war, kam die Familie kurz zusammen und besprach das Begräbnis, das, so war es Brauch in der Stadt, schon am nächsten Tag stattfinden sollte. Es wurde besprochen, wen man einladen und wen man nicht einladen werde.

Dina gehörte zu den Personen, die nicht eingeladen wurden.

Erik, der Riese, gehörte zu den Personen, die eingeladen wurden, ebenso Ugo, der Friseur. Die Liste der Leute, die

eingeladen wurden, war kurz: Sie bestand aus ein paar Verwandten und einigen Nachbarn.
Isabel übernahm es, im »Cinecittà« die Tische für die Trauerfeier nach der Beerdigung zu reservieren, aber man konnte dort nicht anrufen, das Telefon des Restaurants funktionierte nicht, also lief sie dorthin, um selbst mit dem Besitzer zu sprechen. Ihr Freund Philipp ging mit ihr mit, aber sie sprachen kaum auf dem Weg.
– Wie geht es dir?, fragte er schließlich.
– Gut, sagte sie, wie soll es mir schon gehen?

– Oder, sagte Hilda, die im Großen Speicher arbeitete und eine der wenigen Frauen war, die regelmäßig in den Salon »Victoria« kamen, an einem anderen Tag, ich möchte aussehen wie die Frau in diesem Film, dieser Film, der am Schluss am Meer spielt, aber das Meer ist nicht so wie bei uns, und es rauscht der Wind so.
– Welcher Film ist das, welchen Film meinst du?
– Das ist dieser Film mit der Frau, die dann später, du weißt doch, o Gott, ich habe Gedächtnisschwund, der Film mit dem, mit dem, dem, das gibt's doch nicht, lief erst vor zwei Wochen im »Royal«, die Sache mit der Frau, die dann in den – hast du den nicht gesehen?
– Ich gehe nie ins Kino.
– Du gehst nicht ins Kino?
– Nein, nie, ich gehe schon lange nicht mehr ins Kino, das ist vorbei.
– Wirklich? Gut, ist deine Sache, das wusste ich nicht, aber der Film war gut, sehr gut sogar, wenn du das gesehen hättest, ungewöhnlich, großartig.

Es war ein Eisenbahnerbegräbnis. Ruth hatte gedacht, es kämen außer der Familie vielleicht zehn oder fünfzehn Menschen zu dem Begräbnis, die Verwandtschaft, ein paar Nachbarn, alte Bekannte, aber es kamen viel mehr Leute, als sie gedacht hatte. Am Ende standen etwa sechzig Menschen an dem Grab. Das waren Arbeiter vom Bahnhof, Gleisbauer, Kranführer, Lokführer, Weichenwärter und Fahrdienstleiter und Rangierer.
Mario war in seinem Leben Gleisbauer, Rangierer, Lokführer und Kranführer gewesen.
Einer der Männer, die zu Marios Begräbnis gekommen waren, legte ein altes Paar Arbeitshandschuhe in Marios Grab, zusammen mit einer Flasche Schnaps.
– Alter, wir werden dich nicht vergessen, sagte der Mann. Er weinte.
– Danke. Danke für alles. Du warst ein guter Mann, Mario.
Der Bahnhofsdirektor, den man die Spinne nannte, stand unter den Männern, aber er hielt keine Rede. Er dachte an das schwarze Brett mit den Steckkarten in seinem Büro in dem Uhrenturm über dem Bahnhof.
Die meisten dieser Männer kamen nach dem Begräbnis mit in das Restaurant »Cinecittà«, das gegenüber dem

Friedhof lag. Ruth hörte an diesem Tag viele Geschichten vom Bahnhof, die sie nie zuvor gehört hatte, nicht in über fünfzig Jahren Ehe.
Viele der Eisenbahner waren damals zu Nadja, der Prostituierten, gegangen, fast alle. Sie liefen nach der Arbeit in die Stadt, kauften auf dem Weg Schnaps und Bier und gaben der Frau ihr letztes Geld. Dann kamen die Frauen der Eisenbahner, und verlangten von Nadja das Geld zurück. Die Frauen schrien Nadja an, gib uns das Geld zurück, und Nadja sagte, Arbeit ist Arbeit, es gab Streit, zerrissene Kleider, ausgerissene Haare, ausgerissene Ohrringe, Blut. Polizei.
Damals trank Mario vom frühen Morgen an. Er trank schon auf dem Weg zur Arbeit. Er hatte eine Frau und drei Töchter und kein Geld. Nach der Arbeit sagten die Männer, komm, wir gehen zu Nadja, und Mario sagte, nein. Nein, nein.
Einmal aber ging er mit, denn sein Freund, die Spinne, der früher sein Vorarbeiter gewesen war, inzwischen aber zum Weichenwärter befördert worden war, hatte ihm gesagt, dass die Frau, zu der sie gingen, früher oft mit einer Tatra-Bahn gefahren war, bevor sie hierher in die Stadt gekommen war, das habe sie ihm selbst erzählt.
– Du bist betrunken, hatte Nadja zu Mario gesagt, als er zu ihr kam. Du bist zu betrunken. Du bist so betrunken, du kannst kaum noch stehen.

– Nein, nein, hatte Mario gesagt, und in seinen Taschen nach dem Geld gesucht, ich bin nicht deswegen da, ich bin wegen der Tatra-Bahn hier.
– Geh nach Hause, hatte die Frau gesagt, falls du noch gehen kannst.
– Nein, nein, hatte Mario wieder gesagt, er war laut geworden, und dann war er hingefallen.
Die Frau hatte gelacht. Das war der Tag gewesen, an dem Mario aufgehört hatte zu trinken, und Marios Frau Ruth, die diese Geschichte bis zum Tag von Marios Beerdigung nicht kannte, hatte damals an ein Wunder geglaubt und in der Kirche der Mutter Gottes gedankt.
Die Bahnarbeiter lachten. Ruth lachte.
Je später es am Nachmittag wurde, desto betrunkener waren die Männer, die mit der Familie ins »Cinecittà« gekommen waren, und je betrunkener sie waren, desto lustiger wurden die Erzählungen der Arbeiter vom Bahnhof. Natürlich erzählten sie wieder und wieder von dem Tag, an dem eine Eisenschiene bei einem Unfall Mario beide Beine gebrochen hatte, das war an dem Tag gewesen, an dem seine zweite Tochter geboren wurde; wie sie ihn mit den gebrochenen Beinen nach Hause getragen hatten, wie er geschrien hatte vor Schmerzen und auf dem Weg mehr und mehr Schnaps getrunken hatte, aber das war nur eine von vielen Geschichten, die Ruth an diesem Tag hörte.

– Ich scheine nicht gewusst zu haben, was mein Mann für ein Leben gehabt hat, sagte Ruth.
– Ein Bahnarbeiterleben, sagte einer der Männer, angetrunken, stolz, pathetisch.
– Ein Bahnarbeiterleben, was ist ein Bahnarbeiterleben, schrie ein anderer, mit einer leeren Flasche in der Hand, was ist das schon, ein Bahnarbeiterleben? Nichts. Nichts!
Die anderen beruhigten den Mann, gaben ihm eine andere Flasche, und dann trank man auf Mario.
– Auf Mario.
– Auf Mario.
Und dann prosteten sie Ruth und der ganzen Familie zu.
– Fahrplanende und Schicht, wer gibt das Signal? Einer der Männer stand auf und beschrieb in der Luft einen Kreis, als habe er eine Signallampe in der Hand.
Prustendes, betrunkenes Lachen.
Vera saß neben ihrer Mutter, und neben Vera saß ihr Mann, Pavel, der als einer der wenigen nie am Bahnhof gearbeitet hatte. Isabel saß an Ruths anderer Seite, und daneben saßen ihr Freund Philipp, der älter war als sie, und neben Philipp saß Isabels Vater, Toni.
Es wurde gelacht und geweint und geflucht.
– Wenn wir einen Hafen hätten.
– Was würde das ändern?
Einer der Männer zog einen Stuhl heran und saß jetzt

hinter dem Freund der jungen Frau. Das war der Bahnhofsdirektor, den die Männer die Spinne nannten. Die Spinne fragte Philipp, ob er jemals mit einer Tatra-Bahn gefahren sei. Die Tatra-Bahn.

– Nein, aber ich habe davon gehört.

– Die Männer, die diese Tatra-Bahn gebaut haben, waren einmal bei uns, am Bahnhof, die kamen zu uns aus Prag. Aus Prag!

– Ich habe davon gehört, sagte Philipp. Mario hat mir davon erzählt.

– Mario war dabei. Er war an dem Tag dabei, als die kamen. Wir waren beide keine fünfundzwanzig. Ich habe in meinem Leben keine Tatra-Bahn mit eigenen Augen gesehen. Aber dann habe ich einmal eine Frau kennengelernt, die früher einmal, in ihrer Kindheit oder ihrer Jugend, oft, *oft* mit der Tatra-Bahn gefahren war. *Oft.*

Der Mann machte eine Pause.

– Was ist ein Hafen gegen eine Straßenbahn!, schrie er dann plötzlich.

– Ja, sagte Philipp. Ja. Der Mann schlug ihm auf die Schulter.

– Du bist grau geworden. In drei Jahren sind deine Haare weiß, sagte Isabel an einem Abend.
– Und deine werden es in dreißig Jahren sein, sagte Philipp.
Isabel war hergekommen, um ihren Großvater zu sehen, bevor er starb. Dann war Mario gestorben, und sie hatten ihn begraben. Danach gab es nichts mehr zu tun, nichts, aber Isabel konnte trotzdem nicht abreisen, auch wenn ihre Großmutter Ruth sagte: Fahr. Es hat keinen Sinn zu warten.
Isabel begann, Briefe zu schreiben. Das waren lange Briefe, es dauerte oft Stunden, diese Briefe zu schreiben, und dann ging Isabel mit Philipp die Briefe noch einmal Satz für Satz durch.
Diese Briefe richtete Isabel an die Verwaltung und an die Polizei. Sie schrieb an das Gericht.
Sie schrieb, dass man seit Wochen ihre Mutter im Untersuchungsgefängnis festhielt, ohne dass irgendeine erkennbare Untersuchung im Gange sei. Man hielt sie ohne Grund fest. Isabel schrieb, dass ihre Mutter unschuldig sei. Da keinerlei erkennbare Untersuchung eines angeblichen Vergehens ihrer Mutter im Gange sei, sei es nicht rechtens, ihre Mutter den Bedingungen der

Untersuchungshaft zu unterwerfen. Sie forderte, ihre Mutter in der Haft besuchen zu können. Sie forderte Marias sofortige Freilassung.

Isabel beschuldigte die Polizei und Ramiel des Amtsmissbrauchs. Sie beschuldigte das Gericht und die Verwaltung der Korruption, der Befangenheit, der Blindheit, der Untätigkeit und der Willkür.

Keiner dieser Briefe wurde beantwortet, aber an einem Tag kam ohne vorherige Ankündigung ein älterer Herr in einem grauen Anzug mit einer abgenutzten Aktentasche. Er setzte sich mit Isabel an den Küchentisch und holte den Brief aus seiner Aktentasche, den Isabel an die Gerichtsverwaltung geschrieben hatte. Er legte den Brief auf die gesprungene Glasplatte des Tisches und strich ihn glatt. Philipp stand dabei.

Dann begann der Mann den Brief, den Isabel geschrieben hatte, laut vorzulesen. Manchmal unterbrach der Mann in dem Anzug seinen Vortrag, um Fragen zu dem Brief zu stellen, die den Eindruck erweckten, der Mann habe nicht verstanden, worum es in dem Brief überhaupt ging. Vielleicht hatte der Mann aber auch den Brief verstanden, wollte aber sichergehen und überprüfen, ob er dies wirklich getan hatte. Der Mann unterbrach sich und machte eine Pause, in der er nachzudenken schien.

– Sie sind die Tochter?, fragte er dann. Und Sie, Sie sind der –?, fragte der Mann Philipp.

– Das ist mein Mann, sagte Isabel.
– Und Sie kommen von wo?
Und Sie sind wann in die Stadt gekommen?
Und wann wurde Ihre Mutter verhaftet?
Wann, sagten Sie?
Der Mann nickte bei Isabels Antworten mit dem Kopf, als würden die Antworten etwas bestätigen, was er bereits angenommen hatte.
– Dies ist eine laufende Untersuchung, sagte er dann, als er ging. Haben Sie Geduld. Sie müssen etwas Geduld haben.

O Mädchen aus dem Süden,
mein Mädchen verloren,
Mädchen aus dem Süden.

Es kam in einer Nacht der singende Mann mit dem Fahrrad wieder an das Tor zum Hof und sagte Isabel, er solle von der Köchin im Gefängnis ausrichten, Maria habe die Sachen bekommen, die Kleidung und die Seife. Er solle Isabel sagen, dass Maria darum bitten würde, der Köchin mehr Geld zu schicken. Und Maria lasse über die Köchin ausrichten, Isabel solle sich keine Sorgen machen.

– Was haben Sie gerade gesagt?

Dass Maria über die Köchin ausrichten lasse, Isabel solle sich keine Sorgen machen. Keine Sorgen.

– Und das hat meine Mutter gesagt?

– So hat es die Köchin an mich weitergegeben.

Toni war an dem Abend nicht da. Isabel hielt es, nachdem der Mann mit dem Fahrrad singend wieder weggefahren war, nicht im Haus aus und lief mit Philipp ein paar Straßen weit, um an einer Ecke etwas zu essen, obwohl sie keinen Hunger hatte.

Sie saßen im Licht einer Leuchtstoffröhre an einem der

wenigen Tische draußen an der Straße. Sie waren die einzigen Gäste.
Isabel trug den Stein, den ihr der Mann in dem Overall und den Gummistiefeln an der »Silbernheit« gegeben hatte, immer bei sich. Der Mann hatte den Stein »das Fundament« genannt.
Die beiden aßen, ohne zu reden, und dann dachte Isabel wieder an den singenden Mann auf dem Fahrrad am Tor, o Mädchen aus dem Süden, mein Mädchen verloren, und sie begann, mit der Gabel auf den Teller vor ihr einzustoßen, bis der Teller zersprang und Philipp sie am Handgelenk festhielt. Isabel stand auf und übergab sich.
Der Besitzer der Lokals lächelte, als die beiden gingen. Er dachte, sie hätten sich gestritten. Vielleicht war die junge Frau schwanger. Vielleicht war sie auch nur betrunken gewesen.
Isabel und Philipp liefen in der Dunkelheit über die Schotterstraße zurück. Kurz bevor sie »Kilo 14« erreichten, holte Isabel den Stein aus der Tasche, den ihr der Mann an den Stromschnellen gegeben hatte, und warf ihn in einem weiten Bogen in die Nacht.
Später saßen sie schweigend vor dem Haus. Auf der Straße spielten noch Jungen Fußball.
Isabel stand plötzlich auf und sagte, sie müsse noch einmal weg, sie komme gleich wieder. Es war etwa halb elf Uhr nachts.

Philipp fragte, wohin sie gehe, und sie antwortete nicht.
Er fragte, ob er sie begleiten solle.
– Nein, sagte sie. Bleib hier.
Philipp blieb allein vor dem Haus sitzen.
Auf der unfertigen Straße vor dem Haus spielten die Jungen weiter Fußball in der Dunkelheit. Es gab keine Straßenlaternen, die Kinder sahen fast nichts, aber sie spielten trotzdem in der Nacht. Die meisten spielten barfuß. Sie hatten sich die Hemden ausgezogen. Sie hatten die nicht fertige Straße »Kilo 14« mit zwei großen Mülltonnen blockiert, und sie hatten aus zwei Kinderbettgestellen die Tore gemacht. Sie hörten nicht auf zu spielen, wenn trotz der von ihnen errichteten Straßensperre ein Auto vorbeikam. Im Licht der Autoscheinwerfer auf dem Spielfeld: Erde, Gras, Steine. Schlaglöcher. Wenn das Auto vorbeigefahren war, versank das Spielfeld wieder in der Dunkelheit. Die Jungen rannten die Straße in der Nacht auf und ab. Ein alter Ball. Aufgeregte Rufe. Der Ball, der am Tor vorbeischoss und in der Dunkelheit verschwand.

Der Wind hat keinen Körper, er ist ein Geist, der sanft und grausam sein kann, gewaltig, und so sind auch die Sprachen, die der Wind spricht.
Eine der Sprachen des Windes ist lautlos. Sie ist eine Sprache der Zeichen und der Berührungen. Man hört sie nicht, aber man sieht sie. Man spürt sie auf der Haut, in den Haaren. In dieser Sprache spricht der Wind von der Sehnsucht, vom Fernweh, vom Aufbruch.
Eine andere Sprache des Windes ist ein leises, schneidendes Pfeifen. Diese Sprache spricht der Wind in den Wüsten und Steppen, dies ist die Sprache des reisenden Windes.
Entsetzlich ist die Sprache des rasenden, verlorenen, tosenden Windes, der verzweifelt nach einer Heimat sucht, die er niemals finden kann, denn der Wind ist ein Geist, der keine Heimat hat.
Manchmal aber spricht der Wind nicht in einer seiner eigenen Sprachen, sondern in den Sprachen anderer. Der Wind spricht jede Sprache dieser Welt. Und manchmal trägt er Stimmen anderer mit sich, Stimmen aus der Ferne, dann überbringt er Botschaften von weit weither.

Es klopfte sehr spät am Abend an der Tür, und Ramiel hoffte, es sei sein Junge, der endlich heimkäme, Petja.
Vor der Tür stand nicht Petja, sondern eine junge Frau. Ramiel wusste sofort, wer die junge Frau war, obwohl sie sich nicht kannten. Es war Marias Tochter. Isabel sah ihrer Mutter sehr ähnlich, und sie war etwa in demselben Alter, in dem Maria und Ramiel gewesen waren, als Maria den Prozess wegen der Prostituierten gewonnen hatte und als das Kino geschlossen worden war.
Damals war es um Freiheit und um Ordnung gegangen und um Macht. Ugo hatte Ramiel verspottet, er hatte Ramiel vor der johlenden Menge gedemütigt, und dann hatte Ramiel den Projektor zerstört und Ugo verhaftet. Die Leute vor dem Kino hatten sich heißgeredet, und dann waren alle in einem Protestmarsch zur Polizeiwache im Französischen Viertel gezogen, und Maria war bei dem Zug durch die Nacht ganz vorne mitgelaufen, sie hatte den Zug mit angeführt.
In jener Nacht waren die Zwillinge ums Leben gekommen.
– Wer ist da?, fragte Irina hinter Ramiel, der in der Tür stand.
– Ich bin die Tochter von Maria, sagte Isabel.

– Ich kann Sie nicht ins Haus bitten, sagte Ramiel.
Isabel sah hinter Ramiel eine junge Frau und eine alte Frau, das war Irinas Mutter Lydia. Diese Frau hatte Isabel schon einmal gesehen, bei Dina, auf dem Fußboden in der Nacht des großen Stromausfalls.
– Ich komme wegen meiner Mutter, sagte Isabel zu Ramiel.
– Mein Sohn ist verschwunden, sagte Ramiel. Es ist wahrscheinlich, dass er tot ist.
– Das tut mir sehr leid, sagte Isabel.
Für einen Moment sagte niemand mehr etwas.
– Haben Sie einmal von Katharine von Aragon und dem König Vadim von Reval und Riga gehört?, fragte Ramiel dann.
– Ja, sagte Isabel.
Und später, nachdem sie von Ramiels Haus zurückgelaufen war, sagte sie zu Philipp: Lass uns von hier weggehen.

In derselben Nacht saß Petja, Ramiels Sohn, allein in der Dunkelheit am Fluss.

Petja sah Lichter auf dem Wasser, brennende Kerzen, die von der Strömung langsam flussabwärts getrieben wurden. Diese Lichter hatten seine Freunde den Fluss hinuntergeschickt. Das taten sie jede Nacht. Er lebte jetzt seit einundzwanzig Tagen in dem Dickicht zwischen der Stadt und dem Meer.

Er hörte die Geräusche der Tiere in der Nacht, die Grillen, die Frösche, und er hörte den Wind in den Blättern.

Petja dachte an das Lachen eines Jungen, der in der Wohnung neben der Wohnung lebte, in der Petja mit seiner Mutter Julia und den Kanarienvögeln und dem Schlittenhund und der Schildkröte und dem Pelikan wohnte.

Dieser Nachbarjunge sah jeden Sonntagmorgen die Zeichentrickfilme im Fernsehen, und dann lachte er vor dem Fernseher so laut, dass ihn das ganze Mietshaus hörte, dabei waren die Filme nicht lustig.

Petja dachte an seine Mutter Julia, die mit ihren Tieren sprach, als ob die Tiere sie verstehen würden. Er dachte an die Tiere in den Zeichentrickfilmen, die sprechen konnten.

Petja saß am Flussufer in der Nacht und dachte, dass Tiere nicht sprechen konnten. Nichts sprach zu ihm.
Er hatte mit dem Regen und den Bäumen gesprochen, mit den Ameisen und den Mücken und den Schlangen und den Fröschen.
Petja hatte mit der Sonne und dem Mond gesprochen, aber weder die Sonne noch der Mond noch der Regen noch der Fluss noch die Tiere und Bäume hatten dem Jungen geantwortet.
Es gab keine Antwort.
Der König der neunzigtausend Meilen war aus der Wildnis nach Hause zurückgekehrt, als er eines Tages die Stimme der Königin Katharine im Wind hörte.
– Geh nach Hause, mein Geliebter, hatte Katharines Stimme im Wind gesagt. Lebwohl.
Der Junge saß in der Dunkelheit am Fluss und versuchte sich an die Stimme des Mädchens zu erinnern, das sich am Tag vor seinem fünfzehnten Geburtstag aufgehängt hatte. Er hatte das Mädchen geliebt, er hatte ihr viele Briefe geschrieben, obwohl er sie nicht kannte, sondern nur einige Male mit ihr gesprochen hatte.
Der Junge am Fluss versuchte in der Dunkelheit, die Stimme des Mädchens zu hören, aber er hörte sie nicht. Er konnte sich nicht einmal mehr an ihre Stimme erinnern.
In dieser Nacht beschloss der Junge, nach Hause zu gehen.

Er lief in der Nacht eine Stunde lang am Fluss stromaufwärts, bis er die Eisenbrücke erreichte.
Unter der Brücke schliefen am Flussufer Leute. Es brannte ein Feuer. Der Junge kletterte die steile Böschung hoch und stand in der Dunkelheit am Rand der Brücke. Dann trat er in das Flutlicht. Der Kontrollposten sah auf.

Maria saß wie an jedem Tag mit den Frauen auf dem Hof. Die Frauen in ihren blauen Häftlingsuniformen sahen auf den Staub in der Sonne und erzählten sich Geschichten. Es gab immer eine Geschichte zu erzählen. Es war später Nachmittag. Um diese Zeit holte man oft die Frauen zum Verhör, und diese Verhöre dauerten dann oft die ganze Nacht und manchmal auch noch den darauffolgenden Tag an.
An diesem Nachmittag holte eine Wärterin Maria aus dem Hof und brachte sie in eine leere Zelle, die Maria bis dahin nicht kannte. Die Zelle hatte ein Fenster, das wunderte Maria, denn die Zellen, in denen man sie bis dahin verhört hatte, hatten kein Fenster gehabt. Man ließ sie allein. Maria wartete. Es kam niemand, es geschah nichts. Es vergingen Stunden. Maria hatte Hunger. Gegen drei oder halb vier Uhr morgens schloss eine Wärterin die Zelle auf und brachte Maria zurück auf den Hof. Die Wärterin gab Maria ein Bündel Sachen. Das waren die Sachen, die Maria am Tag ihrer Verhaftung getragen hatte.
Maria stand in der Nacht auf dem leeren Gefängnishof vor der Wärterin. Sie zog sich die Gefängniskleidung aus und ihre alten Sachen an. Die Wärterin brachte sie an

das große Tor. Das Tor öffnete sich, und Maria trat hinaus auf die Straße.

Am Morgen des darauffolgenden Tages stand Toni sehr früh auf und trat auf den betonierten Hof vor dem Haus. Auf dem Hof stand die Leiter, die er gebaut hatte. Jemand musste sie in der Nacht zurückgebracht und auf den Hof gestellt haben. Der Hund hatte nicht angeschlagen, das hätte Toni gehört.
Toni wusste, was die überraschende Rückgabe der Leiter bei Nacht bedeutete. Darius Roth wollte Toni die Möglichkeit geben, sein Werk, die Leiter, selbst zu vernichten, bevor es jemand anderes täte.
Darius Roth hatte die Tochter des höchsten Richters der Stadt geheiratet. Er selbst sagte, das habe nichts zu bedeuten, er sagte, er wundere sich, worüber die Leute sich Gedanken machten, ja, wenn er seinen Schwiegervater geheiratet hätte, dann könne er das ganze Gerede verstehen. Nichts gegen meinen Schwiegervater, wohlgemerkt, sagte er dann.
Darius Roth nannte die Stadt die »Stadt der unsichtbaren Türme«, er nannte sie das »Reich der langen Schatten und der hoffnungsfrohen Pessimisten«. Ganz gleich, wie versponnen eine Unterhaltung mit Darius verlaufen konnte, stets kam das Gespräch jedoch schließlich an einen Punkt, an dem sein Wort galt und kein anderes.

Darius Roth war ein Mann, dem man ab einem bestimmten Punkt nicht mehr widersprach. Es gab Menschen, die ihn mieden. Manchen Leuten galt er als gefährlich.
Toni ging zurück ins Haus. Er kam mit einer Axt zurück. Er warf die Leiter um, und dann begann er, die Leiter zu zerschlagen. Die Holzstücke warf er auf einen Haufen in der Mitte des Hofes.
Es war ein grauer, kühler Tag, aber es regnete nicht.

Maria war, nachdem man sie morgens zwischen drei und halb vier aus dem Gefängnis entlassen hatte, zur Küste gelaufen, und dann weiter an der Küstenstraße entlang. Um diese Nachtzeit fuhren keine Überlandbusse, und es war auch sonst niemand unterwegs.
Es war kalt, und es lag Nebel auf dem Wasser, manchmal glaubte Maria aber in der Dunkelheit weit draußen auf dem Meer Lichter zu sehen, und sie fragte sich, was das sei, aber dann waren die Lichter wieder verschwunden.
In der Morgendämmerung nahm sie jemand ein kurzes Stück mit. Als Maria schließlich die Brücke erreichte, war es acht Uhr morgens. Sie war müde. Es war ein grauer und kühler Tag.
Maria sah oben von der Brücke hinunter, und sie sah vor dem Haus aus Holz unten am Fluss die Frau, die man vor mehr als fünfundzwanzig Jahren mehrere Male außerhalb der Stadt ausgesetzt hatte und die dann in der Nacht zurück in die Stadt gelaufen war, ähnlich wie es Maria in dieser Nacht getan hatte, aber die Frau, die jetzt in dem Holzhaus wohnte, hatte man damals in der Ebene ausgesetzt und nicht am Meer. Vielleicht hatte man damals gehofft, die Frau würde sich verlau-

fen; vielleicht hatte man geglaubt, sie würde nicht den Weg zurück in die Stadt finden.
Maria lief über die Brücke und kam an die Stelle an dem eisernen Geländer, an der sie damals in den Fluss gesprungen war. Damals in der Nacht hatte sie den Fluss in der Dunkelheit unter ihr nicht einmal gesehen. Sie war einfach gesprungen, und Ramiel war ihr hinterhergesprungen. Sic und Ramiel hatten sich dann den Fluss hinuntertreiben lassen, bis sie an die Stelle gekommen waren, die man den Blinden Mund nannte.
Maria wusste, dass Ramiels Junge zurückgekommen war, diese Nachricht hatte sich schnell verbreitet, das hatte man sich sogar auf dem Gefängnishof erzählt.
Man hatte gedacht, der Junge sei ertrunken, aber er war nicht ertrunken. Er hatte viele Tage im Dickicht in der Ebene gelebt und sich von Erde und Blättern und Käfern und Vogeleiern ernährt.
Wie er nur darauf gekommen sei.
Warum er das gemacht habe.
Er sei traurig gewesen, hieß es, wegen eines Mädchens, das sich umgebracht habe, und dabei habe er das Mädchen gar nicht gekannt.
– Mein Vater ist bei einem Unfall im Stahlwerk ums Leben gekommen, als ich noch ein Kind war, hatte Ramiel damals gesagt, als er und Maria in der Nacht vom Blinden Mund zurück zur Brücke gelaufen waren.
– Bevor er starb, hat mir mein Vater einmal erzählt, dass

alles seine eigene Sprache habe: das Feuer, der Rauch, die Blätter und die Wurzeln der Bäume, Eis und Frost, der Mond, die Sonne, sogar die Steine.

Maria und Ramiel hatten dann auf dem Weg zurück zur Brücke überlegt, wie diese Sprachen klingen könnten. Wie man sie erlernen könnte.

Maria lief an der Schule vorbei. Es spielten keine Kinder auf dem Schulhof, es war niemand da. Es war Sonntag.

Maria durchquerte die »Zwiebelschüssel« und erreichte schließlich die nicht fertige Straße ohne Namen, »Kilo 14«. Über ihrem Haus stand Rauch, das sah sie schon aus der Entfernung.

Maria kam an das Tor, aber sie öffnete es nicht. Auf dem Hof brannte ein Feuer, und die Familie stand schweigend um das Feuer herum: Toni, ihr Mann, stand da, und Freddi, sein Bruder, und Isabel und deren Freund Philipp, ihre Schwester Vera und deren Mann Pavel und deren Sohn Victor, und ihre Mutter Ruth. Maria sah ihren Vater nicht, Mario stand nicht dabei.

Niemand sprach auch nur ein Wort, und niemand bemerkte Maria, während sie noch draußen auf der Straße am Tor stand. Alle sahen schweigend in das Feuer, das auf dem Hof brannte. Nicht einmal der Hund bemerkte Maria. Toni warf Holzstücke in die Flammen. Jedes dieser Holzstücke hielt er für einen Moment in der Hand, betrachtete es, drehte es hin und her, und dann warf er es ins Feuer. Der Rauch stieg über dem betonierten Hof in den Himmel.